살아 있는 건
두근두근

살아 있는 건
두근두근

보린 소설

문학동네

차례

레고와 애플

1. 나주 사는 나주

나주는 저주받은 안드로이드였다. 그는 인간을 닮은 기계였고, 저주라고 할 수밖에 없는 시간의 쳇바퀴 속에 갇혀 있었다.

| 일어났. 습니까.

미지근한 목소리가 들렸다. 또다. 시작은 같다. 깨어나면 언제나 캡슐 안이다. 낱말들이 차례로 눈앞을 지나간다. 감각 반응 체크. 정상 작동. 의식 체크. 정상 작동. 준비 완료. 재시동. 10, 9, 8…….

| 아직. 졸릴 텐데. 조금 더. 자는 건 어떨. 까요.

바로 재울 거면서 왜 깨우는 건지. 깨웠으면 등이라도 좀 긁게 해 주든가. 데이터 포트 주위가 가려웠다. 나주는 의식이 흐

려지는 걸 느끼며 욕을 했다. 시발, 존나 좆같네. 그는 앞으로 무슨 일이 일어날지 알고 있었다. 곧 다시 깨어날 것이고 사랑에 빠질 것이다.

어떻게 아느냐면 이미 몇 번이나 다시 겪어 보았기 때문이다. 이해할 수 없는 일이지만 그는 시간을 거슬러 매번 같은 순간으로 돌아왔다. 반투명한 젤 위로 의식이 잠시 떠올랐다 꺼지는 이 순간으로.

다시 정신을 차렸을 때, 젤은 모두 씻겨 내려간 뒤였다.

| **세션 시작**

눈앞에는 상태창이 깜빡이고 있었다. 저장 식량의 양, 정수 시스템 손상률, 외부 온도와 대기 상태 등이 빠르게 지나갔다.

더럽게 기네.

목록은 돌보게 될 인간의 생체 정보와 돌봄 지침으로 끝났다.

| 행운을 빕니다.

나주는 입 안에 남은 완충제를 삼키며 캡슐 밖으로 나왔다. 집은 네모반듯한 모양의 셸터로, 캡슐이 내장된 기기 제어 공간과

방, 부엌 같은 생활공간 두 부분으로 나뉘어 있었다.

레버를 당기자 중문과 덧창이 끼긱끼긱 열렸다. 낮이었다. 창에서 뿌연 빛이 들어오자 희끗한 입자들이 집 안을 떠다니는 게 보였다. 산란하는 빛줄기 너머 창밖으로 듬성듬성 자란 잡초와 앙상한 나무 몇 그루가 보였다. 초목은 바싹 말랐다가도 정신없이 번지고, 사방에 무성하다가도 한순간 시들었다. 종잡을 수 없는 기후 때문이었다.

으헝헝헝으어엉.

울음소리에 나주는 걸음을 옮겼다. 배송된 인간이 깨어난 모양이었다.

'울고 있던 게 작은 쪽이었나, 큰 쪽이었나?'

기억은 구멍이 숭숭했다. 나주 같은 구형 안드로이드는 메모리가 늘 문제였다. 메모리를 끝없이 잡아 처먹는 거지 같은 인격 이식 시스템 때문이었다.

빛줄기를 통과해 문간방을 열자 포육낭에서 기어 나온 두 인간이 보였다. 막 세상에 나왔지만 이미 다 자란 인간이었다. 엎드린 채 나란히 붙어 있는 모습이 꼭 팩에 든 두 덩어리 바다달팽이 같았다.

으엉으엉 울고 있는 건 큰 쪽이었다. 큰 인간은 벌거벗은 채 두 팔을 위로 하고 엎어져 있었다. 흉통이 크고 팔다리가 길었다. 포육낭에서 자라 근육은 발달하지 않았지만 잘 자랐다. 나주는 그 앞에 쭈그리고 앉았다. 머리카락이 체액으로 범벅이 되어 이마와 뺨에 달라붙어 있었다. 아래 눈꺼풀에 눈물이 고여 있고 동공이 확장된 상태였다. 콧구멍 주위가 번들번들했고 간헐적으로 벌름거렸다. 심장도 빠르게 뛰었다. 겁에 질려 있었다.

작은 인간도 큰 인간과 마찬가지로 눈썹을 찡그리고 어깨를 들썩이고 있었다. 그러나 심장이 빠르게 뛰지도 눈물을 흘리지도 않았다. 옆을 힐긋거리는 꼴이 그저 큰 인간을 흉내 내는 듯했다. 작은 쪽도 괜찮아 보였다. 크기는 작았지만 동그란 엉덩이와 눌려 비어져 나온 가슴이 포동포동했다.

이름이 뭐였더라. 나주는 둘을 번갈아 보았다. 큰 쪽이 애플이었나, 작은 쪽이 애플이었나? 그때 작은 것이 하품하며 배가 보이게 돌아누웠다.

눈을 마주쳤다. 눈동자에 나주가 비쳤다. 작은 것의 입꼬리가 풀어지며 말간 윗니가 드러났다.

문득 큰 것의 울음소리가 높아졌다. 으엉어흐엉엉헝헝헝. 작은 것이 얼굴을 일그러트리는가 싶더니 갑자기 큰 것의 귀를 깨물었다. 큰 것이 작은 것 콧잔등을 후려쳤다. 작은 것은 두 줄기 코피를 흘리면서도 여전히 큰 것의 귀를 문 채 얼굴을 할퀴어 댔다.

나주는 서둘러 둘을 떼어 냈다. 둘 다 몹시 억울한 표정으로 나주를 쏘아보았다. 네 개의 눈동자가 나주의 의식 한가운데, 가장 깊은 곳에 쐐기처럼 박혀 들었다. 메모리 플립 하나하나가 제각기 다른 색으로 깜빡이는 것 같았다. 깨어난 지 3분 40초, 그가 두 인간과 동시에 사랑에 빠지는 데 걸린 시간이었다. 그는 언제나, 언제나 반하고 말았다. 단 한 번의 예외도 없었다.

나주는 두 인간을 씻기고 입혔다. 평화롭지는 않았지만 문제는 없었다. 안드로이드의 힘은 인간에 비할 바가 아니었다. 작은 것은 씻길 때, 큰 것은 입힐 때 심하게 반항했다. 그는 매뉴얼대로 인간을 벽감에 가두고 칸막이를 쳤다.

인간의 움직임은 크고 갑작스러웠고 셸터는 함부로 건드리면 안 되는 장치들이 많았다. 이 모든 장치는 망가지면 고치기가 몹시 어려웠다. 부품이 절대적으로 부족했기 때문이다. 보급은 1년에 한 번으로 계획되어 있었다. 실행도 아닌 계획. 따라서 기본 학습이 완료될 때까지 통제는 필수였다.

어쨌든 이런 까닭으로 그는 씻기고, 입히고, 가두는 과정이 모두 끝난 뒤에야 겨우 두 인간의 이름을 확인할 수 있었다.

"레고."

인간의 이름은 인공 포육을 후원한 기업 이름과 같았다. 나주는 내용물을 쏟아 낸 뒤 쭈그렁이가 된 포육낭을 이리저리 당겨 이름을 읽었다.

"애플."

큰 쪽이 애플이었다.

"사과가 레고보다 크니까."

나주는 칸막이를 사이에 두고 둘에게 여러 번 되풀이해 이름을 알려 주었다. 포육낭은 인간의 몸만 키워 냈다. 그들은 아는 게 없었고, 이름을 인식하기 위해 기계적인 반복 과정을 거쳐야 했다. 나주는 그 과정이 즐거웠다. 입 안에 구르는 소리는 매번 새로운 느낌이었고 둘이 반응을 보일 때마다 가슴이 벅찼다. 그게 '아브'나 '푸두우' 같은 무의미한 소리든 코 파기나 하품 같은 지루함의 표현이든.

그러나 나주와는 달리 두 인간은 학습을 좋아하지 않았다. 15분이 채 지나기 전에 상태가 나빠졌다. 레고는 축 늘어져 손가락을 빨았고 애플은 안절부절못하며 제자리를 맴돌았다.

'세트 1'이 필요한 때였다. 나주의 메모리에는 인간의 상태에 따른 여러 대처 방법이 깔끔하게 정리되어 있다. 세트 1은 일종의 만능 응급처치로 배설, 식사, 포옹, 수면 순서로 이루어진 기본 욕구 충족 프로세스다.

배설은 지정된 장소로 옮겨 놓은 뒤 방치하는 것으로 완료되었고, 식사는 바다달팽이를 조리해 주는 것으로 간단히 해치웠다. 주먹만 한 바다달팽이는 두 개씩 한 팩으로 냉동되어 보존함에 들어 있었다. 지난 세기 이상 증식한 바다달팽이는 마지막으로 남은 동물성 단백질원이었고, 필연적으로 저장 식품이 되어 오랫동안 인류의 마지막 고기 역할을 하고 있었다.

문제에 부딪힌 건 포옹에서였다. 레고와 애플은 나주에게서 떨어지려고 하지 않았다.

"아 진짜 좀!"

떼어 내려고 하자 레고는 나주의 손을 물었고 애플은 울음을 터트렸다. 이럴 때는 원하는 대로 해 줄 수밖에 없었다. 매뉴얼대로가 아니라 그러고 싶었기 때문이었다. 그들이 원하는 걸 들어줄 때 나주는 행복했다.

"아우, 나 새끼 호구 새끼."

거하게 한숨을 쉬자 레고가 갸웃했다. 나주가 힘을 빼자마자 애플이 긴 팔다리로 허리와 다리를 얽어맸다. 레고가 질세라 품안에 머리를 들이밀었다. 나주는 애플보다 작았고 레고보다 컸다. 크기순으로 안고 안긴 꼴이었다. 그리고 그 모습 그대로 수면이 이어졌다. 한동안 일상은 이런 식이었다.

학습에 먼저 반응한 것은 레고였다. 사흘째 아침에 레고, 레고 하고 몇 번 중얼거리더니 나주의 코끝을 손가락질하며 말했다.

"레고."

나주는 고개를 저었다. 레고의 뺨을 쓰다듬으며 레고라고 일러 주었다. 그리고 레고의 손을 들어 자신을 가리켰다.

"나주."

그 손을 그대로 애플의 뺨에 갖다 댔다.

"애플."

레고는 두 번 만에 알아들었다. 세 단어를 구분할 수 있게 되자 나주와 애플과 자신을 가리키며 이름을 신나게 외쳐 댔다. 애플은 멍한 표정이었다. 인간의 학습 능력은 저마다 다르고 두 배 이상 차이를 보이는 일도 흔하다고 했다. 나주는 레고를 위해 진도를 조금 더 빼기로 했다.

"장난감."

손바닥 위에 홀로그램을 띄우자 네모난 조각이 이어진 모듈식 장난감이 떠올랐다.

"사과."

네모반듯한 장난감이 둥그런 과일로 바뀌었다. 과일과 장난감 둘 다 색이 선명했다. 이름 진심 잘 지었네. 레고와 애플, 빨강, 초록, 노랑, 파랑. 나주한테 인간은 그런 색이었다. 안드로이드와는 다른.

나주는 여기가 나주라 나주였다. 인간의 생존 확률을 높이기 위해 선택된 이곳 34.978466, 126.639577 포인트는 과거 눈길 닿는 모든 곳이 금빛 농작물로 넘실댔다는 평야 지대로, 파국이 닥치기 전까지 그렇게 불렸다.

2. 고기 기계

"이 선은 넘지 마."

나주가 노란 선을 가리키며 말했다. 노란 선은 정사각형 모양이었는데 그 안에는 애플보다 조금 큰 사각기둥이 있었다. 집 안의 모든 장치를 통제하고 인간의 상태를 모니터하는 메인 시스템이었다.

"건드리면 안 돼."

"안 돼."

애플은 고분고분 따라 했지만 레고는 뾰로통한 표정이었다.

"알아. 그만해. 끝."

"그래, 끝."

학습은 더디지만 순조로웠다. 기초 수준의 의사소통이 가능해지자 레고와 애플은 벽감을 나왔다. 둘은 나주의 태도에 민감하게 반응했다. 나주가 단호한 태도를 보이는 일에 어깃장을 놓는 경우는 드물었다.

사회적인 생물이란 기본 속성대로, 레고와 애플은 셋으로 이루어진 작은 사회를 어떻게 유지해야 하는지 본능적으로 알고 있는 것처럼 보였다. 게다가 둘 다 순했다. 레고는 영리하지만 교활하지 않았고 애플은 예민하지만 난폭하지 않았다. 둘 다 호기심이 많을 뿐이었다.

새빨갛고 새파랗고 샛노란 호기심. 거기에 사로잡히면 규칙 같은 건 소용없었다. 창 너머 바깥세상을 본 레고는 막무가내로 졸라 댔다.

"밖에, 나가."

레고가 나주의 손을 잡아끌었다. 밖에 뭐가 있는지도 모르면서 그저 졸랐다. 벽감에서 나오며 레고는 선을 넘을 수 있다는 사실을 알아차렸다. 애플은 딱히 나가고 싶어 하지 않았다. 그 애는 가까이 있는 것을 좋아했다. 늘 덮고 자는 이불, 자기가 쓰는 물컵, 그리고 나주.

나주가 레고 손에 끌려가자 애플이 등 뒤에 매달려 나주의 목덜미에 뺨을 갖다 댔다. 잠이 많은 애플, 다정한 애플. 나주는 애플의 뺨 쪽으로 머리를 기울였다. 그 모습에 레고도 덩달아 안겨 왔다. 잘 웃는 레고, 씩씩한 레고. 나주는 레고를 마주 안고 달래듯 등을 도닥였다. 밖으로 나갈지 말지는 나주가 결정할 일이 아니었다. 두 인간의 의사도 중요하지 않았다. 그건 메인 시스템의 권한이었다.

이곳은 물은 넉넉하지만 식량이 부족했다. 메인 시스템이 더는 버틸 수 없다고 판단하면, 그들은 밖으로 나가 스스로 먹을 것을 구해 와야 했다. 앞으로 열흘이나 남았을까? 그 안에 먹을거리를 구하지 못하면 목숨을 이어 가기 어려울 것이다.

나주는 둘을 떼어 내며 말했다.

"그래, 나가."

레고가 눈을 크게 뜨더니 와 소리치며 웃었다. 하얗게 드러난 이가, 휘어진 눈꼬리가, 찡그린 콧잔등이 반짝반짝 빛났다. 눈이 부셔 얼굴을 찡그리는데 레고가 답삭 매달려 와 뺨을 비볐다. 나주의 온 얼굴에 입을 맞추었다.

나주는 회오리바람에 휘말려 빙빙 떠오르는 것 같았다. 눈밭에 허리까지 거꾸로 처박힌 것 같기도 했다. 과거로 돌아올 때마다 운명에서 벗어나기 위해 애썼다. 그러나 단 한 번도 성공한 적이 없었다. 하루에도 몇 번씩 이런 순간이 찾아오는데 어떻게 사랑하지 않을 수 있을까? 예정된 결말을 피하기 위해 전전긍긍하다가도 결정적인 순간이 닥치면 다른 선택은 할 수 없었다. 비극은 인간에게서 온다. 그러나 인간은 지나치게 달콤한 존재였다.

나주는 정신없이 허우적대다 품에 안긴 동그란 어깨 너머로 이쪽을 바라보는 애플과 눈이 마주쳤다. 시무룩한 표정이었다. 나주는 레고를 품에서 떼어 냈다. 바람은 떠나고 눈은 날아갔다. 나주는 애플의 손에 레고의 손을 쥐여 주며 다정하게 웃었다.

"내일, 둘이 같이 나가."

저들만이 밖을 돌아다닐 만큼 튼튼했다. 나주는 함께 갈 수 없었다. 집 밖으로 나갔다가는 높은 확률로 돌이킬 수 없는 손상을 입을 것이다.

"이건 소야."

홀로그램을 띄우며 나주가 말했다.

애플은 여전히 풀 죽은 채였지만 얼른 따라 했다.

"소야."

칭찬해 달라는 표정이라 나주는 애플의 머리를 쓰다듬었다. 레고가 쌜쭉한 표정으로 물었다.

"소야라고?"

"소."

나주가 고쳐 말하며 홀로그램을 한 바퀴 돌려 보였다. 강건한 네 다리로 두툼한 몸체를 지탱한 기계가 뿔을 흔들며 투레질을 했다.

소는 파국을 맞은 인간이 안간힘을 써서 만들어 낸 기계였다. 바다달팽이마저 자취를 감추고 고기라고 불릴 수 있는 것이 모두 사라지자 인간은 고기 기계를 만들었다. 스스로 돌아다니며 곤충을 채집하고, 그것으로 고기를 만들어 자기 몸에 저장하는 기계. 기계는 그들이 가장 사랑했던 고기의 모습과 이름을 땄고, 이제는 사라진 과거 생물 대신 소라고 불리게 되었다.

"이건 뭐야?"

레고가 소 주위를 산만하게 도는 입자들을 가리켰다.

"파리. 소한테 길을 알려 줘."

옆에서 소를 따라다니며 곤충이 밀집한 곳을 스캔하는 장치였다. 애플은 알아듣지 못한 표정이었지만 나주는 그냥 넘어갔다.

"둘이 나가서 소, 찾아."

홀로그램에 두 인간이 추가되었다. 인간은 창을 들고 소에게 다가갔다.

"찾으면, 이렇게 해. 너무 가까이 가지는 말고, 이쯤에서."

홀로그램 인간이 창을 소에게 던졌다. 소가 창을 맞고 쓰러지자, 둘은 소를 끌고 돌아갔다.

"소, 집으로 가져와. 알았지?"

다음 날 레고와 애플은 아침을 먹자마자 밖으로 나갔다. 나주는 그 애들 손에 들린 전자 창이 되고 싶었다. 아 존나 부러워. 홀로 집에 남자 별별 생각이 다 들었다. 지난번 삶에서 첫 사냥은 어땠지? 성공했었나? 하부 저장 공간까지 샅샅이 뒤졌지만 나오는 게 없었다. 어떻게 1바이트도 없어? 짜증 나.

나주는 두 뺨과 콧방울이 납작해지도록 창에 딱 달라붙었다. 뿌연 먼지 너머로 산란하는 희끄무레한 광원이 보였다. 시발, 저게 해라니. 기억 한편에서 마주 보기 힘들 만큼 눈부신 해가 쨍하게 떠올랐다. 와르르 터지는 웃음소리, 운동장, 급식실, 실내화. 나주가 눈을 문지르자 이미지들이 다시 가라앉았다.

카메라라도 띄울 수 있다면 얼마나 좋을까? 사실 띄우는 것보다 전송이 문제였다. 지난 세기말 알 수 없는 이유로 시작된 재난 때문에 인간이 만든 것 9할이 마비되고 쓸모를 다했는데, 인류에게 가장 큰 타격을 준 것은 인간 그 자체도 먹통이 되었다는 사실이었다. 인간을 만들 수 있는 인간이 급격하게 줄었고, 망가진 시대가 시작되었다.

망가진 시대는 이날 이때까지 망가진 채이고, 그물처럼 깔려 있던 위치 확인 시스템도 사물 통신망도 여전히 무용지물이었다. 그래서 안드로이드 역시 보호벽을 친 곳, 이 셸터 같은 곳에서만 제대로 작동할 수 있었다.

나주는 두어 시간쯤 창가에 붙어 있다가 상상이 끔찍한 쪽으로만 꼬리를 잇자 방 안으로 들어갔다. 별일이야 있겠어, 소가 인간을 공격할 리도 없고. 소용없는 걱정으로 자기 자신을 들들 볶는 대신 메모리나 정리하는 게 시간이 빨리 갈 것 같았다. 어제부터 저장 공간이 부족하다고 알림이 깜빡거렸다.

내친김에 작업을 시작했다. 인격 이식 시스템, 나주의 인공지능은 2031년 당시 주소로는 나주시 나주천2길 26 나주고등학교에서 스캔한 17세 인간을 주 인격으로 했다. 당시 적용된 개인정보 보호법에 의해 그 이상의 정보는 남아 있지 않았다. 이름은 물론 남자인지 여자인지도 알지 못했다. 알려고 하지도 않았다. 그는 처음부터 안드로이드 나주였다.

관리용 안드로이드에 이식할 인격은 광범위하게 채택되었다. 프로젝트 초기에는 나이와 성별을 까다롭게 골랐으나, 차차 무시해도 좋을 조건이 되었다. 그래도 굳이 따지자면 나주처럼 십 대 후반의 인격을 이식한 안드로이드는 상당히 성공적이었다. 갓 깨어난 인간이 또래로 인식했기 때문에 쉽게 가까워졌고, 불의의 사고로 짝을 잃고 홀로 남은 인간을 지탱하는 데도 가장 뛰어났다. 나주가 1세대 안드로이드임에도 폐기되지 않은 까닭이었다.

물론 하나의 인격을 고스란히 이식하지는 않았다. 주 인격을 중심으로 하위 인격을 여럿 섞어 안드로이드의 인격을 만들었는데, 이렇게 이식한 인격은 복잡한 구조임에도 놀라운 자기 통합성을 보였다. 대신 시스템 메모리를 엄청나게 잡아먹어 정리를 제때 하지 않으면 빌어먹을 무의식이 작동해 무작위로 기억을 지워 버렸다.

문득 시야가 강제로 열렸다. 나주는 벌떡 일어났다. 시스템에서 튕겨 나왔다는 건 인간이 집으로 돌아왔다는 뜻이었다. 방문을 열고 나가자 그를 본 레고가 씩씩대며 소리쳤다.

"내일 또 갈 거야!"

온몸이 덤불투성이였다. 뺨은 붉게 달아올랐고 입술은 앙다물렸다. 눈물이 고여 있었지만 슬픈 빛은 없었다. 레고는 타오르는 감정을 이기지 못하고 발을 쿵쿵 굴렀다.

"갈 거라고!"

애플은 레고 뒤에서 눈을 내리깔고 있었는데 얼굴이 벌겠다.

"놓쳤어. 많이, 많이, 던졌어. 많이, 많이, 놓쳤어."

둘 다 제대로 빡친 상태였다.

나주는 달려가 레고와 애플을 한꺼번에 안았다.

"괜찮아, 대단해, 대단해! 소, 찾았잖아!"

한껏 추어 주자 레고가 누그러진 목소리로 물었다.

"정말?"

애플도 그제야 눈을 마주쳤다.

"소, 많아. 아주 많아. 찾기 쉬워."

많다니 좋은 소식이었다.

"그럼 곧 잡을 수 있겠네. 씻고 저녁 먹자."

애플의 표정이 시무룩해졌다.

"달팽이?"

"소 잡으면 딴 거 먹을 수 있어. 맛있는 거."

나주는 속으로 덧붙였다. 아마도.

먹지 않으니 알 수 없지만 인간은 확실히 소를 더 좋아했다. 레고가 애플을 돌아보며 다짐했다.

"맛있는 거, 내일은 꼭 잡자."

3. 개와 무화과

나주는 그날 있었던 일을 캐묻다 결국 포기했다. 레고조차 밖에서 있었던 일을 설명하기에는 말이 많이 달렸다. 둘의 어휘력을 끌어올릴 필요가 있었다. 그날 저녁부터 나주는 두 인간에게 책을 읽어 주기 시작했다. 그러나 레고와 애플은 한 권을 다 읽기도 전에 곯아떨어졌다. 『세상에서 가장 맛있는 무화과』, 그림이 많아 쉽고 재미있을 것 같아 읽어 준 책이었다. 둘 다 개 그림을 좋아해서 개가 나오는 책을 골랐는데 좀 어려웠던 모양이었다.

무화과는 나주도 처음 듣는 낱말이었다. 치과는 아는데. 선명한 감각 정보와 더불어 링크된 사건까지 떠올랐다. 죽어도 가기 싫어 버티던 치과를 여친인지 남친인지 생기자마자 간 건, 친구 새끼가 키스만으로 옮는 온갖 병에 대해 떠들어 댔는데 그 가운데 충치도 있었기 때문이었다. 나주는 잠든 두 인간의 입술을 바라보았다. 벌어진 입 안으로 딸기 젤리 같은 혀가 보였다. 이제 존나 충치도 없는데.

첫 사냥에 성공한 날은 난리가 났다. 레고와 애플은 씻지도 않고 전자 창을 든 채 춤을 췄다. 괴성을 지르며 이상한 가락을 만들어 노래를 불렀다. 나주는 소 뒷다리를 질질 끌어 부엌에 갖다 놓았다. 흥분이 가시면 배가 고프다고 야단일 것이다. 소를 해체하는 동안 노랫소리가 들렸다.

"소는 빙빙 돌아."

"먼저 가서 기다렸지."

"소는 빙빙 돌아."

"구덩이를 팠지."

가만히 듣고 있자니 나오는 대로 부르는 노래가 아니었다. 소는 정해진 동선을 따라 반복해서 돌고 있는 듯했다. 그리고 둘은 소를 앞질러 가 구덩이를 파고 그 안에 갇힌 소를 잡은 모양이었다. 기억이 혼란했다. 소는 파리 떼를 따라 이곳저곳을 돌아다니는 거 아니었나? 그동안 바깥 상황이 바뀐 걸까? 나주는 그게 좋은 일인지 나쁜 일인지 생각해 보다 그만두었다.

"소, 도로 갖다 놔야 해."

나주는 소를 해체해 고기만 발라낸 뒤 기계를 재조립했다. 고기 기계가 움직여야 또 고기를 얻을 테니까. 나주는 바다달팽이를 조리하던 대로 고기를 삶아 주었다.

레고와 애플은 그릇이 빌 때까지 고개도 들지 않고 게걸스레 먹었다.

"맛있어?"

맛있다는 감각은 나주에게 메모리 속 정보로만 존재했다. 두 인간은 망설임 없이 고개를 끄덕였다. 애플의 반응은 특히 뜨거웠다. 그는 국물 한 방울까지 핥아 먹었다. 후각과 미각이 예민해 최근 들어서는 코를 쥐고 삶은 달팽이를 먹어 치우던 참이었는데, 소고기는 입에 딱 맞는 모양이었다.

"나주, 안 먹어?"

애플이 입가를 쓱 닦으며 물었다.

"보고만 있어도 배불러."

나주가 대답했다. 둘이 맛있게 먹는 모습만으로 속이 부듯했다.

레고가 입을 헤벌리고는 나주를 보았다.

"나주는 이상해. 난 아냐. 보면 배 안 불러. 먹으면 배불러. 나주는 달라."

"응, 난 달라."

나주는 담담히 인정했다. 그는 인간이 아닌 안드로이드였다. 그것은 변할 수 없는 사실이며 나주가 익히 알고 기꺼이 받아들이는 존재 조건이었다.

"고기!"

희끄무레한 조각이 불쑥 눈앞에 나타났다. 애플이 고기 한 점을 내밀며 벙긋 웃고 있었다. 나주는 얼떨결에 고기를 받아먹었다. 소화기관은 없었지만 안에서 태워 버릴 수 있으니 상관없었다.

"맛있으니까 나주도 먹어."

헐, 말 늘었네! 책을 하루도 빠짐없이 읽어 준 보람이 있었다. 나주가 감격해서 애플을 껴안자 그가 바로 마주 안았다.

"나주, 좋아."

목소리에 기쁨과 애정이 넘실거렸다.

"나주, 내 것도 먹어."

레고가 나주 입에 고기 한 점을 더 물렸다. 나주는 고기를 목구멍 안으로 밀어 넣으며 레고의 머리를 쓰다듬었다. 그리고 그 얼굴에 떠오르는 뿌듯함과 신뢰를 메모리에 새겼다. 언제든 꺼내 볼 수 있도록. 나주는 자신의 얼굴도 찍어 두었다. 멍청한 표정이었지만 행복해 보였다.

안드로이드는 먹을 필요가 없다. 그러나 먹을 필요가 없다 해도 먹을 수 없는 것은 아니었다. 배고프지 않다와 배부르다는 다른 말이다. 사랑이 필요하지 않다와 사랑이 충만하다가 같지 않듯. 나주는 기계라도 그 차이를 알았다. 그러니까 인간과 다르다는 건 비극의 이유가 아니었다.

사냥에 성공하면 며칠은 쉴 수 있었다. 그사이 레고와 애플의 어휘력은 빠르게 늘어 갔다. 특히 레고는 밖을 몇 번 다녀오더니 몹시 답답해했다. 레고는 닥치는 대로 읽었다. 원래 습득이 빨랐던 그 애는 웬만한 그림책은 혼자 읽을 수 있게 되었고, 애플에게 소리 내어 읽어 주기도 했다.『세상에서 가장 맛있는 무화과』는 뜻밖에도 그들이 가장 자주 읽는 책이었다. 읽다 잠든 날은 첫날뿐, 레고와 애플 모두 그 책을 좋아했다.

책에 나오는 무화과는 전날 꾼 꿈을 실제로 이루어 주는 신비한 힘을 지니고 있었다. 치과 의사 비보 씨는 부자가 되는 꿈을 꿀 때까지 무화과를 먹지 않고 기다렸다. 아끼면 똥 된다는 건 만고의 진리로, 무화과는 비보 씨가 기르던 개가 먹어 치운다. 결국 신비한 무화과는 개 마르셀이 꾼 꿈을 이루어 주게 된다. 전날 마르셀은 치과 의사와 몸이 뒤바뀌는 꿈을 꾸었고, 심술궂은 치과 의사는 자신이 구박하던 개, 마르셀이 되고 만다.

"잘됐어! 잘됐어!"

레고는 그 장면에서 언제나 손뼉을 쳤다. 책은 거기서 끝났지만 레고는 그 뒤에 일어날 일을 상상하기 좋아했다. 인간이 된 마르셀이 하고 싶은 일을 실컷 하는 것을.

맨 처음은 언제나 치과 의사에게 하는 복수였다.

"일단 목줄을 묶고 나가. 싫어해도 끌고 다녀. 비보 씨도 마르셀한테 그랬잖아?"

애플이 궁금해한 건 무화과의 맛이었다. 세상에서 가장 맛있다는 맛이 궁금한 모양이었다. 그 애는 소고기를 먹은 뒤 맛에 눈을 떴다. 소고기랑 몇 덩이 남은 냉동 달팽이를 굽고 지지고 삶는 데 열심이었다. 물 양이나 삶는 시간을 이리저리 바꿔 보다가 실수로 물을 다 날려 버린 뒤부터는 굽기에 맛을 들였다.

처음 구운 고기를 보았을 때 나주의 메모리는 삼겹살을 띄워 올렸다. 삼겹살, 고3 여름방학, 강제 자습에 끌려 나간 학교에서 급식용 식판에다 삼겹살을 구워 먹었다.

고기 익는 냄새에 레고와 애플이 눈을 희번덕거렸다. 군침을 삼키는 소리가 이쪽, 저쪽에서 들렸다.

나주도 입 안에 침과 유사한 액체를 만들어 낼 수 있었지만 그건 세척용으로 분비 목적이 달랐다. 군침, 맛있는 걸 본 순간 입안 점막이 조여들며 분비한 액체가 흥건히 혀에 고이는 그런 감각은 정보일 뿐이었다. 언젠가의 기억은 친구들과 어깨빵을 해가며 지글지글 끓는 살점을 씹지도 않고 삼키는 것으로 종료되었다.

친구. 레고, 애플이랑 친구가 될 수 있을까? 궁금증은 떠오르자마자 휘발되었다. 나주에게 친구는 군침이나 마찬가지였다. 빈

조각이 너무 많아 알아볼 수 없는 퍼즐 판이었다.

사냥을 몇 번 더 다녀온 뒤 애플은 밖에서 가져온 것들을 요리에 넣기 시작했다. 역시 곡식이라고 부를 만한 건 없었다. 끄트머리가 누렇게 뜬 잎이나 가느다란 뿌리 따위였지만 조합의 수는 무궁무진했다.

그는 만드는 것만큼 먹이는 것도 즐거워했다. 아주 긴장한 표정으로 나주와 레고에게 맛을 물었다. 레고는 냉정하지만 탁월한 비평가였다. 자기가 아는 모든 낱말을 끌어와 맛을 정확하게 표현하려 애썼다. 애플은 고개를 끄덕이기도 하고 되묻기도 했다. 나주는 맛을 몰랐기 때문에 그냥 그 순간 애플의 표정을 보고 떠오르는 말을 들려주었다.

“명랑하고 다정한 맛.”

애플은 나주가 어떤 대답을 들려주어도 좋아했다. 그러고는 종종 같은 말을 되돌려 주었다.

“무화과는 다정하고 명랑한 맛일까?”

나주는 맞장구치며 애플과 시시덕거렸다.

“껍데기는 그럴지도 몰라. 알맹이는 다른 맛일걸?”

“무슨 맛?”

“울보 맛.”

이렇게 둘이 주거니 받거니 할 때 레고는 끼지 않았다. 그 애는 목적 없는 말장난에는 관심이 없었다.

나주는 그 책에서 개 마르셀이 치과 의사를 지켜보는 장면이 유난히 거슬렸다. 마르셀이 인간으로 변하기 전, 치과 의사에게 천덕꾸러기 취급을 받고 있을 때다. 개의 눈은 슬퍼 보였다. 슬픔을 표현할 때 흔히 그려 넣는 찡그림, 눈꼬리와 입가 처짐, 눈물 따위를 묘사하지 않았음에도. 마르셀의 살짝 위로 휘어진 순한 입매는 되레 희미하게 웃음을 머금고 있었다. 왜 잘 보이고 싶어서 짓는, 졸라 억지웃음 같은 거. 개짜증 나. 그때 치과 의사는 마르셀을 버리고 크고 멋진 사냥개를 데려올 생각을 하고 있었는데.

"원래 그래. 개는 무조건 인간을 사랑한대. 동물도감에서 봤어."

레고가 말했다. 애플이 그림책을 가져가 종이에 인쇄된 마르셀을 쓰다듬었다.

"우리도 개가 있으면 좋겠다."

두 인간은 잘 배우고 잘 먹고 잘 자고 잘 움직였다. 그리고 자랐다. 애플이 자랑스럽게 말했다.

"나 키 컸어."

애플의 턱은 하루만 손질하지 않아도 퍼렇게 털이 올라왔다.

레고도 자기 정수리에 손바닥을 올렸다.

"나도 컸어."

나주는 레고와 애플을 토닥였다.

"기특하다, 기특해."

레고가 나주 머리를 토닥였다.

"나주는 그대로네."

"응, 난 그대로지. 안드로이드니까."

"안드로이드는 계속 그대로야?"

레고가 물었다.

"응, 계속."

애플이 기쁜 소식이라도 들은 듯 환하게 웃었다.

"다행이다. 난, 나주가 변하지 않는 게 좋아. 나주는 나주야."

그 말에 문득 레고 목소리가 심각해졌다.

"그럼 변하면 난 레고 아냐? 넌 애플 아니고? 나주는 계속 나주인데, 그럼 우린 뭘로 변해?"

애플 눈이 둥그레졌다. 레고와 애플의 눈길이 나주에게 모였다. 생각지도 못한 물음에 나주는 당황했다. 그건 그도 알지 못했다. 두 인간이 무언가가 되는 모습은 기억에 없었다. 무의식이 시스템을 정리하며 삭제했을 수도 있다. 아니면 매번 그들이 무언가가 되기도 전에 나주의 시간이 되돌려진 것인지도 모른다. 어쩌면, 인간은 아무것도 될 수 없었는지도 모른다.

마지막 생각에 이르자 불안감이 파도처럼 밀려왔다. 파도, 그것은 짜고 푸르고 사나운 운명.

나주는 갑자기 떠오르기 시작한 시를 머릿속에서 지웠다. 시 짓기나 도면 그리기처럼 뜬금없는 연산은 일종의 안전장치였다. 나주 같은 구형 안드로이드는 예측할 수 없는 상황을 맞닥트리면 종종 의식이 분열되어 버리기 때문에 위험 수위에 근접하면 안전장치가 튀어나왔다. 다행히 매뉴얼에서 답으로 쓸 만한 대답을 찾았다.

"너희는 어른으로 변해."

"어른이 뭔데?"

애플이 물었다.

"아기를 낳아 기를 수 있을 만큼 성장한 인간."

"아기가 뭔데?"

레고가 물었다. 나주는 또 말문이 막혔다. 아기, 데이터가 없었다. 기본 정의조차 뜨지 않는 경우는 하나다.

"열람 불가 정보야. 때가 되면 열리니까 그때 알려 줄게."

"그게 언제인데?"

레고가 따졌다.

"나도 몰라. 메인 시스템의 권한이니까."

어쨌든 인간의 상태와 관계가 있을 것이다. 세 명으로 이루어진 이 세계에서 변수는 언제나 인간이니까.

4. 애기똥풀

"그게 왜 열람 불가야?"

몰라.

"나주는 왜 안 먹어도 살 수 있어?"

안드로이드니까.

"그럼 우린 왜 먹어야 살 수 있는데?"

인간이니까.

"왜 달라?"

다르게 만들어졌으니까.

레고와 달리 애플은 이 문제에 아예 관심이 없었다. 애플은 나주와 레고를 등지고 조리대에 서 있었다. 무얼 하는지 소리가 요란했다. 그에게는 지금 여기, 자기 곁에 있는 것들이 중요했다.

나주는 레고 앞에 쭈그리고 앉아 손을 마주 잡았다.

"이미 다 한 말이잖아, 왜 자꾸 묻는 거야?"

레고는 혼란스러운 표정이었다. 슬픈 것 같기도 하고 화가 난 것 같기도 했다.

"우리는 뭘까? 어디에서 온 걸까? 앞으로는 어떻게 되는 걸까?"

레고가 아랫도리를 벗었다.

"피가 새."

다리 사이로 붉은 액체가 뚝뚝 떨어졌다.

갑자기 나주의 상체가 튀었다. 딸꾹! 어느 인격 때문인지 피를 보면 딸꾹질이 났다. 딸꾹! 개새끼들, 나주는 별걸 다 옮겨 놓은 인격 이식 시스템 개발자들에게 욕을 퍼부으며 마음을 추슬렀다. 딸꾹! 이건 연산으로 만들어진 가짜 감각이다, 기계 기반 안드로이드가 딸꾹질이라니 말이 돼? 딸꾹! 난 횡격막이 없다, 난 숨 쉬지 않는다, 여러 번 되뇌자 좀 나아졌다. 그러나 여진이 가라앉기도 전에 닦달이 쏟아졌다.

"이렇게 자꾸 변하다 어떻게 되는 거야? 나랑 애플은 뭐가 되는 거지? 너 혼자만, 왜 너 혼자만 그대로야?"

모든 게 나주 탓인 양 레고의 눈에는 원망이 가득했다.

아니 잠깐, 나 방금까지 쉴 새 없이 딸꾹질했잖아. 정신 차릴 틈 좀 줘. 딸꾹 딸꾹 딸꾹 딸꾹 딸꾹 딸꾹 딸꾹 딸꾹 딸꾹…….

나주는 진저리 치며 눈을 떴다. 개 같은 꿈이었다. 진짜 딸꾹질이라도 한 것처럼 명치가 욱신거렸다.

아니, 꿈은 아니다. 절전 상태일 때 지나가는 건 아주 오래된 기억이었다. 옷장 밑 먼지 뭉치처럼 뒤엉긴, 부서지고 갈라진 기억들. 무의식이 메모리를 정리할 때는 종종 기억의 위치가 뒤섞인다. 뒤죽박죽된 서랍을 정리하는 것과 비슷하다. 바닥에 깔려 있던 것이 위로 올라오기도 하고 맨 위에 던져 놓은 것이 깊숙이 들어가기도 한다.

그건 몇 번째 되돌아간 삶의 기억인 걸까? 레고는 지금과 딴판이었다. 우울하고 사나웠다. 옆에서 히힛, 이히히 같은 소리가 새어 나왔다. 무슨 꿈을 꾸는지 레고의 입꼬리가 푸실푸실 말려 올라갔다.

문득 애플이 보이지 않는다는 사실을 깨달았다. 절전 상태에서 깨어난 건 애플의 이탈 때문인 듯했다. 나주는 허리에 감긴 레고의 팔을 풀고 잠자리에서 일어났다.

방문을 열고 나가자 창이 환했다. 온갖 잡초가 무성했다. 바닥에는 연둣빛 초록빛이 가득 휘었고 무리 지은 애기똥풀이 수런거릴 때마다 노란빛이 와르르 부대꼈다.

바람 부는 밤이었다. 나뭇가지가 휘청거리며 잎을 떨었다. 저 놈들은 숱도 많아, 누군가 훤한 이마를 문지르며 말했다. 겨울엔 다 떨어지는데 뭐, 나주가 퉁명스레 대꾸하자 상대가 타박한다. 봄엔 다시 나잖아. 목소리는 여전히 몹시 부러운 투였고 다정했다. 너도 내 나이 되면 벗어질걸? 날 닮았으니까.

안은 어두운데 밖은 밝아 별세계 같았다. 별세계다. 나주는 갈 수 없는 곳이다.

나주는 부지런히 눈을 굴렸다. 센서에 잡혀 온 사방에 불을 밝힌 범인을 눈으로라도 찾아야 했다.

나주는 유리에 얼굴을 바싹 대었다. 레고를 깨워야 하나, 싫은데. 자는 걸 깨우면 신경질 끝장인데.

초조하게 두리번거리고 있을 때 허연 몸뚱이가 눈앞에 나타났다. 애플이었다. 숨이 턱 막혔다. 그 애는 알몸으로 달리고 있었다. 튀어 오르는, 꿈틀대는, 불붙은 몸.

집 안에 불을 켜야 했다. 그래야 애플이 자신을 볼 수 있을 터였다. 애플을 불러들여 왜 한밤에 벌거벗고 달리는지 물어볼 수 있을 터였다. 그러나 나주는, 생명력이 흘러넘치는 몸이 다시 시야를 벗어나 사라질 때까지 아무것도 하지 못했다.

나주가 아득한 세계 끝에서 허우적대다 겨우 정신을 차릴 때쯤 애플이 다시 나타났다. 불빛에 번들거리는 몸은 땀범벅이었다. 나주는 불을 켰다. 안과 밖의 밝기가 역전되기 직전, 눈이 마주쳤다. 애플의 활짝 웃는 얼굴이 순간 사라지고 놀란 자신의 얼굴이 유리에 비쳤다. 나주는 무언가 잃어버린 듯, 빼앗긴 듯 기이한 기분이 들었다. 그러나 감각이 언어로 정리되기도 전에 문이 활짝 열렸다.

"나주!"

들뜬 목소리가 달려왔다. 나주는 자기 앞에 내민 노란 꽃 한 묶음을 보았다. 심장이 뛰었다. 안드로이드한테 심장이 어딨어? 의식이 걸고넘어졌지만 간단히 무시하고 꽃을 받았다. 애플에게 다가서자 땀 냄새가 훅 끼쳐 왔다. 사실 그런 감각적인 표현은 적절하지 않았다. 나주의 후각은 공기 성분의 분석에 불과했다. 공기 속 호르몬 수치가 높다, 정도가 적절했다.

애플이 헐떡이며 말했다.

"더워, 더워서 잠이 안 와."

암, 잠이 안 오겠지. 나주는 한껏 발기한 애플의 아래를 보며 생각했다.

"요즘 자주 이래."

애플은 어쩐지 자랑스러운 표정으로 제 아래를 한번 훑고는 코밑을 쓱 닦았다. 노란 물이 코밑에서 턱까지 카레 묻은 것처럼 흔적을 남겼다. 빙구 같았다. 나주 손아귀에도 애기똥풀이 끊어진 곳에서 흘러나온 노란 물이 묻었다.

"손."

애플이 어리둥절한 표정으로 손을 내밀었다. 나주는 마디가 옹이처럼 불거진 손가락을 하나씩 잡고 네모난 손톱에 애기똥풀 즙을 칠했다. 연분홍빛 손톱이 누리끼리한 색으로 변했다.

"신기해."

손톱을 들여다보느라 애플의 얼굴이 코앞이었다. 숨이 닿는 거리, 솜털이 보이는 거리. 나주는 그에게 키스했다. 그럴 타이밍이었다. 애기똥풀은 바닥에 떨어졌고, 곧 두 몸 아래에서 뭉개졌다. 바다달팽이 대신 소고기를 먹은 지 34일째였다.

어쩌면 다른 삶의 방식을 타고난 안드로이드도 있을 것이다. 그러나 나주는 사랑하기 위해 만들어졌다. 다른 생명체나 안드로이드까지도 사랑할 수 있는지는 알지 못했지만 대상은 언제나 인간이었고 인간일 것이다. 그의 세계는 이 집이 전부였다. 그는 이 집에서 같은 인간과 거듭 살며 그들을 사랑하고, 사랑했다. 사랑에 휘둘리는 모든 순간은 뜨겁고 오롯했다. 나주는 이런 존재방식이 더없이 기꺼웠다. 그는 자신이 이런 목적으로 설계된 안드로이드임에 만족했다.

나주는 골목길을 걷고 있었다. 그다지 좁게 느껴지지 않았다. 키가 작아져서 그런가? 애 모습이라니, 이건 또 언제야? 작아진 손을 돌려 보다 나주는 고개를 들었다. 오른쪽에는 파랗게 새로 칠한 컨테이너 건물이, 왼쪽에는 폐가인지 고물상인지 알 수 없는 오래된 건물이 있었다. 건물 너머로는 초등학교가 보였다. 네모진 빨간 벽돌 건물에는 아무 글자도 적혀 있지 않았지만 단번에 알아보았다. 꼬박 6년간 다녔고 고등학교 때까지 근처에 살았다. 자각몽은 오랜만이었다. 메모리가 그렇게 달리나. 요즘 무의식이 너무 설친다.

발이 절로 움직여 경로당 골목을 지났다. 나주는 문득 가슴이 뛰고 있다는 걸 깨달았다. 그럴 수 있지. 이때는 심장이 있었으니까. 달려왔나? 아니, 숨은 골랐다. 골목을 빠져나와 읍성 남문 운동기구가 있는 곳이 눈에 들어오자, 정확히 말하면 그 옆에 정자를 보는 순간 떠올랐다. 아, 저기서 누굴 만나기로 했다. 가슴이 뛰는 건 그 애 때문이었다.

정자 밑에 앉아 있는 애. 그늘 때문에 얼굴은 보이지 않았다. 나주를 보자 그 애는 튕기듯 일어났다가 다가오지 못하고 머뭇거렸다. 나주가 뭐라고 했고 그 애도 말을 했지만 소리는 소거되어 있었다.

어느새 나주 손엔 동그란 게 들려 있었다. 달걀보다 조금 큰 구체의 플라스틱 통, 반으로 가르면 구데타마나 아이언맨 같은 작은 피겨가 나오는. 뭐가 들어 있을까? 심장이 튀어나올 듯 벌떡댔다. 손이 떨려 통을 열지 못하자 앞에 있던 애가 대신 열어 주었다. 통이 반으로 갈라지자 갓난아기가 데구르르 굴러 나왔다. 너 이거 갖고 싶어 했잖아. 통을 건넨 아이가 귓가에 소곤댔다. 닿은 뺨은 보드라웠고 우유 냄새가 났다.

나주는 눈을 떴다. 빈 손바닥을 멍하니 들여다보다 문득 깨달았다. 열람 등급 상향 알림이었다. 지랄도 정성이다. '열람 가능' 네 글자면 될 걸, 이러니 메모리가 모자라지.

아기: 갓난아기는 어깨와 골반이 좁으며, 배가 튀어나왔고, 팔과 다리가 상대적으로 짧다. 열 달을 채우고 태어난 갓난아기 몸무게는 약 3.2kg 정도로 2.7~4.6kg의 분포를 갖는다. 평균 키는 35.6~50.8cm.

분만: 분만 또는 해산은 인간을 포함한 포유류가 임신 후에 자궁 밖으로 새끼를 내보내어 어미의 몸에서 분리시키는 것을 말한다. 인간의 분만 과정은 자궁경부가 짧아지고 벌어지는 1단계, 태아가 내려와 태어나는 2단계, 그리고 태반의 분리가 이뤄지는 3단계로 나뉜다. 임신 후 37주~42주 사이에 이루어지는 게 일반적이며, 산모의 약 80%는 38주~41주 사이에 분만하는데, 이는 포유류 중에서는 소의 임신 기간과 거의 같다.

산모: 아기를 갓 낳은 여자.

5. 알아 그만해 끌

나주는 늘 궁금했다. 인간은 왜 존재하는 걸까? 인간은 어느 날 포육낭 속에서 나와 나주와 함께 살아간다. 누가, 왜, 그렇게 설계한 걸까? 어려운 수수께끼였다.

레고와 애플, 둘 다 딱히 사는 목적이 없어 보였다. 애써 찾는다면 먹는 것, 남는 시간을 채울 재밋거리를 찾는 것을 꼽을 수 있었다. 그러나 그건 삶의 목적이라기보다 살아가는 방법이었다. 더 기이한 건 그들은 자신의 존재 이유를 짐작도 못 한다는 거였다.

나주는 레고의 이마에 달라붙은 머리카락을 정돈하며 중얼거렸다.

"산모?"

이건가? 원래 인간은 스스로 생산 가능한 종이었다. 둘의 생김새가 다른 까닭도 그래서였다. 둘 가운데 한쪽은 포육낭의 역할을 해야 했기 때문이다. 나주의 손끝이 레고의 이마를 톡톡 두드렸다. 그러나 레고와 애플은 '산모'에게서 태어나지 않았다. 집으로 배송된 인간은 인공 포육으로 가속 성장시킨 개체다. 수정부터 성장까지 인간 모체와 한 번도 접촉하지 않았을 가능성이 컸다. 생각은 더 이어지지 않았다. 열람 가능 정보가 여기까지인 모양이었다. 그래, 어쩌면 인간의 설계 목적은 자연 번식인지도 몰랐다. 기계에 의존하지 않고 스스로 번식하는 것.

레고가 간지러운 듯 반대쪽으로 돌아누웠다. 그러고는 입맛을 쩝쩝 다시고 만족한 표정을 지으며 이불 속으로 파고들었다.

"그러니까 아기는 두 인간의 살을 섞어 만든 새로운 인간인 거지. 아주 작은 인간."

설명을 들은 레고가 대뜸 물었다.

"그럼 나주도 아기를 낳는 거야? 애플하고 살을 섞었으니까?"

"아니. 안 될걸."

그런 사례는 없었다.

"근데 왜 했어?"

"애플이 원하니까."

레고가 애플 코밑으로 다가가 탐색하듯 올려다보았다.

"넌 왜 그랬어?"

애플이 선뜻 대답했다.

"목이 말라서."

나주는 설명을 덧댔다.

"애플 몸이 그걸 좋아해. 레고 너도 그럴 거고. 너흰 그렇게 설계된 거지."

그러나 레고는 여전히 이해하지 못한 표정이었다. 애플은 이해할 생각도 없어 보였다.

"배고파. 밥 먹자."

그날부터 나주는 다른 방에서 따로 잤다. 두 인간만의 둥지를 만들어 준 셈이었다. 그러나 애플은 매일 밤 둥지를 벗어나 나주가 있는 방으로 찾아왔다. 왜 설계대로 행동하지 않는지 궁금했지만 그건 나주가 고민할 문제는 아니었다.

레고와 애플이 사냥에 익숙해질수록 나주는 모르는 것이 늘어 갔다. 바깥에 대해서는 레고와 애플, 나주의 관계가 역전되었다. 레고는 가끔 무시하는 투로 말했다.

"밖에서 그런 건 안 통해."

"나주는 그것도 몰라?"

그럴 때마다 나주는 기묘한 감정에 사로잡혔다. 레고의 표정 때문이었다. 모자라지만 사랑스럽다는? 모자라서 사랑스럽다는? 정확히 표현할 수는 없지만, 어쩔 수 없다는 듯 픽 웃으며 나주의 머리나 볼을 쓱쓱 쓰다듬을 때면 가슴이 뛰었다. 그래서 때

때로 아는 것도 모르는 척하며 레고의 손길을 즐겼다. 헐, 미친.

둘이 해가 채 기울기도 전에 소를 잡아서 돌아온 날이었다. 저녁을 먹고 난 뒤 레고가 물었다.

"나주는 바깥이 어떤지 궁금하지?"

"응."

뒷정리를 끝낸 애플은 어쩐 일인지 바로 방으로 들어갔다. 레고가 품 안에서 무언가를 꺼내더니 탁자 위에 펼쳐 놓았다. 그림이 그려진 종이였다. 레고는 뿌듯한 표정으로 설명을 시작했다.

"자, 여기가 집이야. 집에서 오백 걸음쯤 가면, 큰 나무 두 그루가 보여. 이쪽은 잎이 넓적한 나무, 저쪽은 벌거숭이 나무야. 벌거숭이 나무를 지나 그대로 이천 걸음쯤 가면, 거기서부터 사냥터야."

레고가 펼쳐 놓은 건 손으로 그린 지도였다. 레고는 그림을 하나씩 짚어 가며 바깥 풍경과 그곳에서 일어난 일들을 얼굴이 발갛게 되도록 열심히 설명했다. 나주는 조금 쓸쓸해졌다. 레고는 밖을 좋아했다. 집 안을 답답하게 여겼다. 인간이 된 마르셀은 자기 가고 싶은 대로 세상 곳곳을 신나게 돌아다닐 것이다. 그게 레고의 바람이었다.

"레고는 아예 밖에서 살고 싶어?"

레고가 나주를 보았다. 질문의 의미를 가늠하다 웃으며 손을 뻗었다.

"나주는 바보야, 정말 바보야. 아는 게 없어."

나주는 그 와중에도 머리를 쓰다듬는 손길에 마음이 설렜다.

"나갈 때 기분 좋아. 들어올 땐 더 좋아. 나주가 집에 있잖아. 바깥엔 나주가 없어."

레고의 얼굴이 다가왔다.

"애플이 꽃을 줬다 해서, 고민했어. 난 더 멋진 걸 주고 싶었어."

나주는 다가오는 얼굴이 눈부셔 눈을 감았다. 보드라운 입맞춤이 이어졌다. 천천히 눈을 뜨자 레고가 방긋 웃었다.

"애플이랑 한 거, 나랑 하자."

"네 몸은 아이를 안 원해?"

"난 너희를 원해. 너희가 원하는 걸 원해."

"어떻게 그래?"

"사랑하니까?"

"난 널 사랑하지만 뭐든 들어줄 수는 없어. 들어주고 싶지도 않고."

"알아."

몸이 떨어졌다 다시 겹쳐졌다. 눈동자 속에 눈동자가, 그 속에 눈동자가 한없이 들어 있었다. 맨 안쪽 눈동자가 흔들리다 시선을 비껴 아래로 향한다. 그 바깥 눈동자가, 더 바깥의 눈동자가 따라 움직인다.

"애플이 더 좋아, 내가 더 좋아?"

"둘 다 똑같이 좋아."

"어떻게 그래? 이해가 안 돼."

"당연해. 우린 서로 다르니까."

자신의 부드러운 피부 아래가 기계라는 걸 나주는 알고 있다. 레고가 나주에게 입을 맞추었다.

"알아. 그만해. 끝."

그리고 그날이 왔다. 행복과 불행의 변곡점, 겁 없이 팽창한 축복이 저주로 돌변한 날. 둘이 사냥을 나갈 때만 해도 나주는 오늘이 그날인 줄 몰랐다. 레고와 애플은 나주를 사랑했고, 나주는 그 빚 배로 그들을 사랑했다. 충만한 나날은 삶에 깃든 저주조차 잊게 했다.

느지막이 아침을 먹고 나간 둘은 한나절도 되지 않아 사냥을 끝내고 돌아왔다. 문이 열리자마자 흥분한 목소리가 들렸다.

"나주! 나주! 오늘 무슨 일이 있었는지 알아?"

알았다. 그러나 나주는 여느 때처럼 얼굴을 마주하고 대답을 돌려주지 못했다. 움직일 수가 없었다. 그날은 그런 날이었다. 심한 자기폭풍이 하루 종일 지속된 날. 기계들은 정해진 궤도를 이탈하다 멈춰 버렸을 것이다. 나주처럼.

의식이라도 있는 게 그나마 다행이었다. 자기 차단막이 설치된 집 안에 있었기 때문에 이 정도인 거다. 바깥이었으면 완전히 멎어 버렸겠지.

나주는 소리를 냈다. 입술을 움직일 수는 없었지만 스피커를 통해 소리를 전달하는 것은 문제없었다.

"무슨 일이 있었는데?"

집 안으로 들어온 레고와 애플이 곧 나주를 발견하고 어쩔 줄 몰라 했다. 애플은 울상을 하고 달려와 나주의 몸을 일으켰다. 레고는 하얗게 질린 채 아예 다가오지 못했다.

"난 괜찮아 레고. 곧 원래대로 돌아갈 거야."

정말 별일 아니었다. 폭풍이 끝나고 전파 교란이 진정되면 언제 그랬냐는 듯 감쪽같이 평소 모습으로 돌아갈 것이다. 나주는 인간들이 어느 정도 진정되었다 싶자 잡아 온 소를 가리켰다.

"저대로 두면 고기가 상할 텐데."

애플이 먼저 움직였고 레고가 내키지 않는 표정으로 따라갔다.

나주는 어느 부위부터 기계를 풀어야 할지 어디에 칼을 넣어야 할지 알려 주었다. 시작은 순조로웠다. 부엌에 설치된 카메라가 두 인간과 소를 꼼꼼히 비춰 준 덕분이었다. 몸통에서 등가죽을 분리한 뒤 칼을 찔러 넣자 산화철이 녹아 있는 액체가 뿜어져 나왔다.

레고와 애플은 다급하게 뒤로 물러나 칼이 꽂힌 채 울컥울컥 붉은 액체를 토해 내는 살을 지켜보았다. 두 인간의 얼굴에 두려움이 떠올랐다. 왜 두려워하지? 기계는 인간을 공격하지 못한다. 심지어 그들 앞에 놓인 기계는 작동이 완전히 멈춘 무해한 것이었다.

한참 뒤 좀 나아진 표정으로 애플이 소에 꽂힌 칼을 뽑았다. 그러나 레고의 눈동자는 여전히 흔들리고 있었다. 애플이 고깃덩이를 분리하기 시작하자 레고가 입술을 깨물고 가까이 다가갔다. 그러나 곧 허리를 꺾었다.

"웩, 우웨엑!"

화면에는 먹은 걸 게워 내고 있는 레고와 짓눌린 붉은 근섬유와 그 사이사이에 낀 하얀 지방층과 흥건한 피, 찌푸린 표정의 애플이 함께 잡혔다. 거부반응은 명백하게, 해체된 고기 때문이었다. 그런데 왜? 오늘 아침상에도 올라왔는데.

"왜 그래?"

나주보다 애플이 먼저 물었다. 레고가 입을 훔치고 고개를 들었다.

"내 피, 내 살도 저럴 거 아냐. 붉은 살 사이에 기름이 있고, 핏줄이랑 힘줄이 얽혀 있고. 나를 베어 내는 것 같아. 속을 헤집고, 끊고, 찢고……."

목소리는 끊어지고 눈에는 눈물이 고였다. 생리적인 반응일 터지만, 그것만은 아닌 것도 같았다.

"이건 그냥 소고기야. 싱싱해."

애플이 손에 쥔 고기를 들어 보이자 레고는 뒷걸음질 치더니 부엌에서 뛰어나와 나주에게 달라붙었다. 레고는 끼니도 거른 채 그대로 잠들었고, 애플은 나주와 레고를 빤히 보더니 가만히 방으로 들어갔다.

나주가 움직일 수 있게 된 건 한밤중이었다. 자기폭풍이 겨우 물러간 것이다. 나주는 일어나 레고의 얼굴을 살폈다. 온 데 피가 튀어 있었다. 물수건으로 눈썹 끝에 말라붙은 핏자국을 닦아 내는데 레고가 눈을 떴다.

레고는 한참 아무 움직임 없이 나주의 표정을 살폈다. 마치 나주가 무언가 숨기고 있기라도 한 듯. 레고의 입술이 벌어졌다.

"소가 우리 조상인 걸까? 무른 부분은 나랑 애플이 되고, 단단한 부분은 나주 네가 된 거야. 너랑 우리 모두 고기 기계에서 갈라진 거지."

천천히 한 마디씩 이어지던 말이 곧 빠르게 쏟아졌다.

나주는 생각했다. 소가 우리 조상인 것보다 우리가 소의 조상인 쪽이 좋은데. 안드로이드와 인간이, 단단한 것과 무른 것이 서로를 섞어 단단하고 무른 걸 낳았다. 이쪽이 더 그럴듯했다.

그러나 진실은 시시하다. 이 세계에는 만드는 자가 정해져 있다. 인간은 인간을 만들고 안드로이드를 만들고 소를 만들었다.

"아냐. 우린 시작부터 달라."

나주가 레고에게 입을 맞추었다. 입술이 맞닿은 채 레고가 말했다.

"네가 아주 멀리 있는 기분이야."

날개처럼 나풀거리는 입술이 넋이 나갈 만큼 사랑스러웠다.

"애플이랑 나랑, 아주 조금이라도 누가 더 좋아?"

"똑같이 사랑해."

레고가 나주를 밀어 냈다. 함께 누운 잠자리를 떠나 문을 열고 나살 때까지 그 애는 돌아보지 않았다.

6. 해피엔드

나주는 시선을 정면에 두고 엎드렸다. 상체를 바닥에 붙이고 다리를 수직이 되게 들어 올렸다. 발끝까지 쭉 펴고 메뚜기 자세. 이번엔 앉아서 다리를 가로로 찢고 박쥐 자세, 세로로 찢고 원숭이신 자세. 여기서 신은 발에 신는 게 아니라 갓 댐 할 때 갓이다. 정수리를 뒤로 젖혀 발가락에 대고 왕비둘기 자세, 무릎을 감싸고 엎드려 방귀 자세, 그런 다음 벌떡 일어나 발끝으로 서서 야자수 자세.

"씨바 졸라 힘드네."

야자수 자세라고 해 봤자 그냥 야자나무처럼 서 있는 거고, 방귀 자세는 방귀 뀌기 좋은 자세라고 동작 안내에 나와 있었다.

인간은 금방 사랑에 빠지고 쉽게 돌아선다. 수차례 겪은 일이었지만 익숙해지지 않았다. 마음은 상처가 반복되면 더 힘들어했다. 의식의 주재료가 인간의 기억이라는 게 문제였다.

"그냥 절전 모드로 전환할까?"

의식을 잠그면 고통을 외면하느라 몸부림칠 필요 없이 간단히 아침을 맞을 텐데.

"안 돼. 레고가 돌아올지 몰라."

망설이다 용기를 내어 방문을 열었는데 나주가 자고 있다면? 레고는 나가 버릴 거다.

"애플이 올지도 모르고."

애플의 체온은 레고보다 높았다. 따듯한 살에 몸을 붙이면 고통이 훨씬 줄어들 것이다.

메뚜기, 박쥐, 원숭이신, 왕비둘기, 방귀, 야자수, 다시 메뚜기……. 새벽 동이 터 올 무렵 나주는 기다리기를 포기했다. 레고는 마음을 풀지 않을 모양이었다. 애플은 요 며칠 내내 레고 곁에 딱 붙어 떨어지지 않았다. 그 애도 이제 자신을 원하지 않는 것 같았다. 운명은 숨죽이고 있다가 불현듯 튀어나온다. 그게 오늘이었다. 오늘이 끝이 아닐 수도 있지만, 끝일 수도 있다. 무슨 수를 써도 끝은 찾아왔다. 나주는 홀로 남을 운명이었고 거듭 사는 동안 그 운명이 궤도를 이탈한 적은 없었다.

절전 모드로 전환하자 시스템 백업이 시작되었다. 나주 같은 구형은 백업에 10초쯤 걸렸다. 이제 혼자라는 사실, 앞으로도 혼자일 거라는 사실, 애초부터 혼자였다는 사실. 사실들이 달려와 숨통을 막았다. 10초도 길었다.

"빨리 좀 꺼지지."

그때 문이 열렸다.

"나주!"

"나주!"

나주는 모드 전환을 중지했다. 레고와 애플이 한꺼번에 방문을 열고 들어왔다.

"따가워!"

"벌레가 나왔어!"

나주는 두 인간을 살폈다. 무엇엔가 쏘이기라도 한 듯 얼굴이며 팔다리가 울긋불긋했다. 애플이 몸서리를 쳤다.

"백 마리도 넘어!"

레고가 애플을 밀쳤다.

"이백 마리는 될걸?"

이상한 일이었다. 사냥에서 돌아오면 방제는 철저하게 이루어졌다.

"벌레가 어디서 나왔는데?"

레고가 나주 손을 잡아끌었다. 인간의 둥지로 데리고 가 침대 머리맡을 가리켰다. 그곳에는 생뚱맞게도 국그릇이 놓여 있었는데, 몇 밀리밖에 안 되는 노랑쐐기나방 애벌레들이 그 안에서 기어 나오고 있었다. 그리고 그릇 안에는 검정과 황토색 사이 어디쯤 되는 색으로 말라붙은 식물이 담겨 있었다. 애플이 따 온 애기똥풀이었다.

"미안."

애플이 기어들어 가는 목소리로 말했다. 정작 잘못한 건 나주인데. 그날 그 밤 방제 따위 까맣게 잊었다.

벌레잡이가 끝나자 나주는 둘의 몸에 약을 꼼꼼히 발랐다. 두 인간은 다시 곯아떨어졌고 나주는 방으로 돌아왔다. 그러고는 방제를 마친 애기똥풀을 손바닥에 올려놓고 한참 바라보았다. 어떻게 사랑하지 않을 수 있을까, 인간을.

다음 날도 그다음 날도 아무 일 없던 듯 이어졌다. 그러나 레고와 나주 사이에는 선이 생겼다. 애플과 나주 사이에도 선이 생겼다. 두 번째 선은 나주가 그었다.

레고가 발길을 끊은 다음부터 나주는 애플을 받아들이지 않았다. 두 인간은 애초에 서로의 짝으로 설계되있고 나주의 역할은 둘을 돕는 것까지였다. 지난 삶 가운데 한번은, 레고인지 애플인지 둘 가운데 하나가 중간에 목숨을 잃었다. 남은 하나는 수명을 반도 채우지 못하고 죽었다. 나주는 온 힘을 다해 인간을 사랑했지만 그들을 완전히 채워 주지 못했다.

나주는 머리를 맞대고 사냥 준비를 하는 두 인간을 바라보았다. 틈만 나면 달라붙던 레고는 어느새 애플 것이 되었다. 목마른 표정으로 나주를 바라보던 애플도 레고 것이 되었다. 둘이 사냥 나갔다 돌아오면 애플은 고기를 해체해 조리하고 레고는 도구를 정리하며 노래를 불렀다.

저녁은 셋이 함께 먹었다. 몸집이 가장 큰 애플은 가장 많이 먹어 치웠다. 충격을 완전히 떨쳐 버린 듯 레고도 잘 먹었다. 나주도 양껏 먹었다. 두 인간의 숨소리를, 찡그리고 비죽이고 웃는 표정을, 주고받는 이야기들을.

사랑이 모조리 증발한 것은 아니었다. 레고와 애플은 아직 나주를 사랑했다. 사냥을 마치고 돌아와 문을 열어젖힐 때, 악몽을 꾸었다고 안겨 올 때, 지나치다 눈이 마주칠 때도 사랑은 그 자리에 있었다. 그러나 갈급한 몸짓과 타는 듯한 눈빛은 사라졌다. 사랑의 질감과 형태가 변했다.

사랑한다는 사랑받고 싶다와 같은 뜻이야. 넌 너무 무심해. 누군가가 쏟아 낸 원망 어린 말이 떠오른다. 보조 인격이 갖고 있던 기억인지 감정이 또렷하지 않았다. 지랄 염병, 나주가 중얼거렸다. 나처럼 다정다감한 안드로이드가 어디 있다고. 그러나 맞다. 다정다감이 사랑을 대신할 수 없다. 사랑을 갈구하는 자에게는 사랑 외의 감정은 모두 무심함일지 모른다.

행복은 희미해졌지만 불행하지는 않았다. 둘을 보면 여전히 가슴이 충만했다. 혼자 있을 때 견딜 수 없이 허기가 지는 것만 빼면 나쁘지 않았다. 나주가 바라는 최고의 해피엔딩은 레고와 애플이 아이를 만드는 데 성공하는 것이었다. 그러면 사랑할 사람이 둘에서 셋이 된다. 아이가 늘면 사랑도 늘어난다.

사랑이 도처에 있다면 누군가 떠나더라도 그중 하나쯤은 나주 곁에 남을 것이다. 그러나 큰 기대는 하지 않았다. 그런 삶을 살아 본 기억이 없었기 때문이다. 겪은 일이라면 어떤 식으로든 흔적이 남는데 메모리가 아예 깨끗했다. 아이가 태어난 적이 없거나, 그 전에 나주의 시간이 되돌려지거나 둘 중 하나다.

그런데 놀라운 일이 벌어졌다. 몹시 평범한 어느 날 아침 레고가 화장실에 들어가자 기둥에서 축하 음악이 흘러나오고 무지갯빛 폭죽이 터졌다. 홀로그램 폭죽 한가운데는 하트 모양 풍선이 떠 있었는데, '아기가 생겼어요'라는 글자가 적혀 있었다.

나주는 가슴이 설레었다. 모든 일에는 끝이 있다고 했다. 나주의 빌어먹을 저주받은 운명에도 드디어 끝이 찾아온 모양이었다. 바야흐로 해피엔드. 나주는 애플 손을 잡고 춤을 추었다. 새로운 인간, 새로운 사랑, 새로운 운명. 레고가 화장실에서 나왔다. 애플이 나주의 손을 뿌리치고 레고에게 달려갔다.

"아기가 생겼다고? 어디에?"

레고가 물었다. 나주는 다정하게 레고의 배에 손을 올렸다.

"여기. 지금은 아주, 아주 작아."

아무 변화도 없는 배를 쓰다듬느라 나주는 두 인간의 겁먹은 표정을 보지 못했다. 보았다 해도 딱히 할 수 있는 일은 없었을 것이다. 앞으로 일어날 일들과 마찬가지로. 나주가 가진 것은 실제 경험이 아니라 정보일 뿐이었고, 정보는 인간 하나하나의 차이까지 담아내기에는 턱없이 평면적이었다.

임신 사실을 알고 난 뒤 40일째 되는 날이었다. 레고는 아침상에 삶은 고기가 올라오자마자 화장실로 달려갔다. 나주는 화장실에서 들려오는 소리에 귀를 기울였다. 토하는 소리가 났다. 훌쩍이는 소리, 등 두드리는 소리, 알아들을 수 없는 애플의 다정한 목소리. 문 열리는 소리가 나고 애플이 레고를 안다시피 부축하고 나왔다. 몇 분이 채 지나지 않았는데 레고 얼굴이 노랬다. 처음으로 소를 직접 해체하던 그날이 떠올랐다.

"그때처럼 그래?"

나주가 뭉뚱그려 물었지만 레고는 바로 알아들었다.

"아니. 냄새가 너무 역해. 구역질 나."

임신에 흔히 수반되는 증세라는 것을 알아냈지만, 할 수 있는 게 없었다. 일주일 만에 레고는 안쓰러울 정도로 말랐다. 애플이 고기를 굽고 지지고 볶고 삶고 다지고 채 치고 으깨고 뿌리고 비비고 온갖 방법으로 요리했지만 레고는 여전히 먹지 못했다. 머리도 가누기 힘들어하는 레고를 보며 애플은 폭탄선언을 했다.

"떠나야겠어. 고기로는 안 돼. 다른 먹을 걸 찾아야 해. 며칠을 고민했는데 이대로는 못 살 거 같아."

레고가 마른 입술로 말을 보탰다.

"나주도 같이 갈 거지? 우리가 돌봐 줄게. 네가 우릴 돌봐 준 것처럼."

레고가 나주를 끌어안았다. 예전에 그랬듯이, 온몸을 꼭 붙여서. 나주는 폐도 없는데 숨이 가빴다.

"설계된 대로 살아남으려면 여기 있어야 해. 매뉴얼을 따라야 해. 이제껏 그렇게, 그렇게 해서 살아올 수 있었던 거야."

이건 해피엔드가 아니었다. 나주는 레고를 품에 가두듯이 마주 안았다. 뼈가 닿았다. 레고의 위팔뼈가 레고의 팔 안쪽을, 레고의 어깨뼈가 레고의 손바닥을 눌렀다. 뼈만 불거진 몸은 허깨비를 안은 양 부피감이 없었다. 이대로 꺼져 버릴 것 같았다. 나주는 애써 웃었다.

"곧 괜찮아질 거야. 레고는 그렇게 설계되었으니까."

애플의 얼굴에 이제껏 단 한 번도 본 적 없는 표정이 떠올랐다.

"곧 언제?"

나주는 대답하지 못했다.

"그때까지 레고가 살 수 있어? 나주, 우린 먹어야 해. 안 먹으면 죽어."

레고가 나주의 팔에서 빠져나와 비척비척 물러났다.

"우릴 버릴 거야?"

나주가 눈을 크게 떴다. 너무 크게 떠서 눈가가 경련했다.

"그건 불가능해."

레고가 천천히 손을 들어 나주의 머리를 쓰다듬었다.

"나주는 바보야, 정말 바보야. 아는 게 없어."

그 애가 울기 시작했다.

7. 수없는 사랑

레고와 애플은 말없이 집을 떠났다. 처음에는 사냥 나갔나 보다 생각했다. 그런데 해가 지도록, 다음 날 새 해가 뜨도록, 그 해가 다시 지도록 돌아오지 않았다. 날이 가고 갔다. 나주는 그 애들이 영영 떠났다고 생각지 않았다. 인간은 연약하고 밖은 가혹했다. 그러니까 쐐기벌레에 물린 그날처럼 울상을 하고 돌아올 것이다. 오늘은 돌아올 거라고, 매일 생각했다.

나주는 창에 찰싹 붙었다. 레고와 애플이 돌아오는 순간을 놓치고 싶지 않았다. 먹을 필요도 잘 필요도 없으니 다행이었다. 기다리는 내내 집을 나설 때 애플의 표정이 머릿속을 부유했다. 이해할 수도 받아들일 수도 없는 무엇을 보는 얼굴이었다.

"내가, 응, 겉가죽을 벗어 던지고 실리콘 눈알이 박힌 플라스틱 해골인 채로 다니기라도 했어? 어? 전선이 막 튀어나온 갈비뼈를 들이밀기라도 했냐고?"

기분이 더럽게 더러웠다. 물고 빨고 할 때는 언제고 그런 반응은 너무하다. 유리를 향해 콧김을 뿜어 대다 나주는 문득 떠올렸다. 그 애들도 이랬을까? 레고가 나주 곁을 떠나 애플에게로 간 그 밤, 둘 사이에 넘을 수 없는 선을 그은 건 레고가 아니라 나주 자신이었는지도 몰랐다. 나주가 있어서 집에 들어올 때가 더 좋다던 레고를, 시든 애기똥풀을 내내 간직하던 애플을 자기가 이렇게까지 밀어낸 걸까? 생각할수록 다 자기 탓 같았다.

인간은 물 없이 사흘, 음식을 먹지 않고는 스무 날밖에 살지 못한다. 그런데 사흘하고도 사흘이 더 지났다. 나주는 손끝을 물어뜯다 회백색 조각을 뱉어 냈다. 표피였다. 으깨진 껍질을 쥔 검지와 중지 끝은, 살갗이 죄 뜯겨 나가 검은 골격이 드러난 채였다. 한심한 꼴이었다. 이렇게 마냥, 돌아오기만 기다리고 있다니. 더 사랑할 수 없을 만큼 사랑하는 두 인간이 어디서 무슨 일을 겪고 있을지 모르는데. 더는 견딜 수가 없었다.

나주는 물과 말린 고기, 레고가 만들어 준 지도를 배낭에 챙기고 전자 창을 들었다. 그리고 집을 나섰다. 삑삑 소리가 나고 빨간 불이 번쩍였지만 무시했다. 나주 마음속에서 울리는 경고음에 비하면 아무것도 아니었다.

문밖으로 나가 서너 걸음이나 걸었을까, 수많은 냄새가 휘몰아치고 뜨겁고 마른 공기가 살갗을 비볐다. 바람이다. 나주는 뺨을 쓸고 머리카락을 날리는 불규칙한 공기의 흐름 속에서 우두커니

서 있었다. 오렌지색 하늘에 회백색 구름이 흘러가고, 발치에는 밝은 연둣빛을 띤 가시투성이 관목이 서 있었다. 유리 너머로 보던 것과 완전히 다른 색이었다.

"사기네, 사기."

바람 방향이 바뀌었다. 머리카락이 죄 앞으로 쏟아지고 가지와 잎이 저마다 다른 속도 다른 방향으로 흔들린다.

관목 옆에는 샛노란 애기똥풀 몇 포기가 아무렇게나 꽃을 피우고 있었다. 나주는 집을 돌아보았다. 밖에서 본 집은 놀랄 만큼 을씨년스러웠다. 군데군데 칠이 벗어지고 한쪽 귀퉁이는 마른 덩굴이 지저분하게 달려 있고 다른 귀퉁이는 검게 물 얼룩이 졌다. 안은 깨끗하고 아늑해서 밖이 이 모양일 줄은 몰랐다. 나주는 돌아서며 지도를 펼쳤다.

"자, 여기가 집이야. 집에서 오백 걸음쯤 가면, 큰 나무 두 그루가 보여. 이쪽은 잎이 넓적한 나무, 저쪽은 벌거숭이 나무야. 벌거숭이 나무 쪽으로 다시 이천 걸음쯤 가면, 거기서부터 사냥터야."

풍경을 눈으로 훑으며 나주는 레고가 들려준 말을 되뇌었다.

둘이 어느 쪽으로 갔는지 알아내는 건 어렵지 않았다. 나주는 주위를 싹 훑어 풀이 꺾이고 밟힌 자국을 찾았다. 그러나 수고롭게 얻은 정보는 아무 쓸모가 없었다. 어느 순간 나주의 몸이 갑자기 멋대로 움직이기 시작한 것이다. 자신의 의지를 거스른 채 관절이 움직이고 고개가 돌아갔다. 전파 교란으로 몸이 움직이지 않았을 때보다 더 짜증 나는 감각이었다.

그러나 도리가 없었다. 나주는 통제 잃은 몸에 묶여 가 본 적 없는 땅 위를 걸었다. 잎이 넓적한 나무로 향하던 발이 벌거숭이 나무를 끼고 돌아 달개비 한 무더기를 짓이기고 듬성듬성한 토끼풀밭을 가로질렀다.

소 떼의 행렬이 보였다. 집을 벗어났기 때문에 나주의 몸은 소 떼의 움직임에 동기화되었다. 다른 기계들과 같은 신세가 된 것이다. 나주는 그 행렬에 합류해 소 떼와 보조를 맞추어 정해진 길을 돌았다.

'돌이킬 수 없는 손상'의 결과는 상상했던 것보다 훨씬 나빴다. 후회해 봤자 늦었지만. 나주는 어디로도 가지 못한 채 궤도를 돌며 소들이 벌레를 잡는 걸, 그중 몇몇이 이따금 구덩이에 빠져 버둥대는 것을 보았다. 레고와 애플이 파 놓은 구덩이였다.

부연 해가 여러 번 지고 떴다. 대체 지금 여기서 뭘 하는 걸까? 소 떼들은 벌레를 잡아 고기라도 만드는데. 나주는 멍하니 생각하다 실소했다. 며칠이 지나고 한참을 왔지만 나주의 '지금 여기'는 집 떠나던 순간으로 고정되어 있었다. 위치 정보도 시간 정보도 업데이트되지 않았다. 지금은 그때였고 여기는 집이었다.

나주한테는 지금도 없고 여기도 없었다. 하는 일도 없었다. 발밑에 부스러진 쇳조각이나 전자 모듈이 밟힐 때면 오싹했다. 움직이지 못하게 된 기계의 최후였다. 궤도에서 빠져나오지 못한다면 나주도 저 꼴이 될 것이었다. 레고도 애플도 만나지 못한 채.

마지막 며칠 동안은 간절히 기도했다. 돌아가게 해 달라고. 지금이 바로 그때라고. 저주받은 운명이건 뭐건 더는 군소리 없이 받아들이겠다고, 이전처럼 다시 둘을 처음 만나는 그 순간으로 돌아가게 해 달라고.

그러던 어느 날, 언제인지 모르니까 그냥 어느 날이었다. 전파 교란이 일어났다. 소들이 속도를 늦추었고 몇 놈이 비틀거렸다. 나주는 몸의 통제권이 돌아온 것을 깨달았다. 궤도에서 허겁지겁 빠져나왔다. 그 와중에도 혹시 레고와 애플이 돌아왔을까 봐, 그럼 먹을 게 있어야 하니까, 멎어 버린 기계 하나를 끌고 집으로 달렸다.

전파 교란이 멈추면 다시 궤도로 끌려갈 것이다. 전파 교란이 더 심해지면 다른 기계들과 마찬가지로 나주도 멎어 버릴 것이다. 나주는 집에 돌아갈 때까지 이 상태가 유지되기를 벌벌 떨며 빌고 또 빌었다. 시간을 거슬러 돌아가게 해 달라고 빌 때보다 백배는 더 간절했다.

운 좋게 나주는 집에 돌아왔다. 들어오자마자 소를 방제하고 옷을 벗어 폐기했다. 몸만 씻고 옷도 걸치지 않고 온 집을 뒤졌다. 벽감과 인간들이 둥지로 쓴 방, 자신의 방까지 다 뒤졌지만 아무도 없었다.

이제 뭘 하면 되지? 뭘 하려고 했더라? 극심한 스트레스로 시스템이 과부하에 걸린 건지 생각이 잘 이어지지 않았다. 시 열네 편을 짓고 5층짜리 학교 건물 도면을 완벽하게 그린 뒤에야 생각다운 생각을 할 수 있었다. 방문을 등지고 두리번거리던 나주는 바닥에 퍼진 소를 보았다.

맞다. 나주는 소를 부엌으로 끌고 가 기계에서 고기를 분리했다. 해체된 기계를 다시 조립하고 분리해 낸 고기를 보관 용기에 집어넣으려다 다시 꺼내 물끄러미 바라보았다. 집에 개가 있으면 레고와 애플이 좋아할 텐데. 기계로 기계를 만들어 낼 수 있으니까 고기로 고기를 만들 수 있지 않을까? 마르셀처럼 하얗고 꼬리가 짧은 개.

나주는 개에 대한 정보를 찾았다. 집 안은 안전했고 나주의 '지금 여기'는 제자리로 돌아왔고 정보는 찾는 대로 흘러들어 왔다. 그러나 아무리 뒤져도 고기로 개를 만드는 방법은 없었다. 황당한 가짜 정보들이 수두룩하게 걸리는 걸 보면 열람 불가 정보도 아니었다.

정보에 따르면 개 아닌 그 어떤 고기도 해체되고 나면 원상태로 복구될 수 없었다. 하물며 고기로 다른 고기를 만드는 건, 나주에게는 불가능했다. 기계는 할 수 없는 일이었다. 오직 고기들만이 살과 살을 섞어 다른 고기를 만들어 낼 수 있었다. 기계는 필요없었다. 깨달음이 불현듯 찾아왔다.

레고와 애플은 결코 돌아오지 않을 것이다.

"아, 진짜, 존나, 비참해."

정자 밑의 첫사랑과 이마가 벗어진 아버지와 결국 키스를 하게 된 친구 녀석의 기억을, 아니 그 밖의 모든 행복한 기억들을 끌어모아도 기억은 기억일 뿐이었다. 나주가 잃은 보드랍고 따듯한 가슴과 순진하고도 탐욕스러운 혀에, 눈이 마주치면 꽃처럼 피어나던 웃음에 견줄 수 없었다. 어림없었다. 나주는 더 버텨낼 수가 없었다. 기다려야 하는 이도 없는데 고통스레 깨어 있을 까닭이 없다. 시스템을 절전 모드로 전환했다. 졸음이 밀려왔다.

흐릿한 의식 위로 열람 등급 상향 알림이 떴다. 뜬금없고 의미없고, 나주가 속으로 중얼거리는데 새 정보가 열렸다.

종료: 인간의 생체 정보가 보름 이상 사라지면 안드로이드는 종료된다.

시동: 인간이 배송되면 안드로이드는 깨어난다. 정보를 공유하기 위해 데이터는 최적화된다.

그러니까 이제껏 만났던 레고와 애플은 다 다른 인간이었다. 나주는 같은 시간을 여러 번 산 게 아니라 여러 시간을 같은 식으로 살고도 잊은 거였다. 깡그리 잊었으면 좋았을 텐데, 찌꺼기 정보가 나주를 헷갈리게 했다. 나주는 저주받은 운명의 수레바퀴 따위에 올라탄 게 아니라, 집으로 배송된 모든 인간을 사랑하고 돌보게끔 설계된 것이었다.

설계된 대로 사는 것은 기꺼운 일이었다. 그리고 그 설계에 따르면 나주 앞에는 수없는 사랑이 줄지어 기다리고 있는 셈이다. 좋은 소식이었다.

그러나 나주는 여전히 비참했고 몹시 슬펐다. 사랑하는 두 인간을 잃은 것이 비참했고, 그 둘을 두 번 다시 볼 수 없다는 게 슬펐다. 삶을 거슬러 가서 그 애들을 다시 만날 거라는 기대가 사라졌다. 그토록 사랑했던 레고와 애플은 나주의 현재에서도 미래에서도 사라지고 말았다. 그러나 닿을 수 없는 먼 곳에서라도 살아 있었으면, 울지 말고 지냈으면.

나주는 궁금했다. 왜 이렇게까지 인간을 사랑하게 만든 걸까? 인간과 함께하는 데 이렇게까지 뜨거운 감정이 필요한 걸까? 마르셀이 떠올랐다. 개도 무조건 인간을 사랑한다. 그 짐승도 인간의 필요에 의해 인간을 사랑하게끔 프로그래밍된 건지도 모른다.

마치 자신처럼. 그러나 나주에게는 인간이 될 수 있는 무화과가 없었다. 이 세계에서 기계는 고기가 될 수 없다. 딱히 그럴 필요까지도 없었다. 고통은 곧 사라질 것이다. 전원이 꺼지기 전 미지근한 목소리가 들렸다.

| 이번에는 아쉽게. 실패했. 습니다. 다음 번에는 더. 잘할 수 있을. 겁니다.

진행율 75.23561%. 328번 개체. 셸터 내 반응 없음. 329번 개체. 셸터 내 반응 없음, 더블 체크. 감지 불가, 더블 체크. 재생산 실패. 세션 종료. 10, 9, 8…….

곰딸과 매발톱

1. 죽은 담비

곰딸은 강가에 앉아 얼음을 깼다. 눈꽃이 물속으로 가라앉았다. 텅 빈 뼈를 물에 담그고 손이 빨갛게 얼 때까지 구석구석 씻었다. 감자알만 한 뼈, 뽀얀 머리뼈, 영리한 눈동자와 까만 콧잔등이 있던 자리를 흐르는 물이 쓸고 갔다.

한 몸처럼 붙어 다니던 담비가 죽었다. 귀가 반지르르하고 겁 없는 담비였다.

고기는 먹었다. 녀석은 곰딸의 피와 살이 되어 다시 살 것이다.

가죽은 팔았다. 사겠다는 사람은 많았지만 좋아하는 사람한테 넘겼다. 그는 담비 가죽으로 조끼를 만들어 마음에 둔 이에게 선물할 거라 했다.

"배고파."

자리에서 일어나자 구름꼬리가 발목에 엉겼다. 죽은 담비가 마지막으로 낳은 새끼였다. 정신 나간 담비 같으니. 새끼까지 밴 주제에 곰한테 달려들다 채어 죽었다. 평소라면 덜 자란 멧돼지 따위 약이나 올리다 말았을 텐데 난데없이 곰이 나타나는 바람에 죽고 사는 일이 되었다. 곰이 문제였다.

"배고파, 어서 가자."

구름꼬리가 고개를 갸웃하더니 다시 발밑에서 오락가락 걸음을 방해했다. 곰딸은 무심코 곁에 선 자작나무를 올려다보았다. 아무도 없었다. 없는 게 당연했다. 늘 거기 있던 녀석의 머리뼈가 곰딸 손에 들려 있었다.

언 땅에 떨어진 나뭇잎은 죄 거무튀튀했다. 곰딸은 빈 가지에 아슬아슬 달린 흠 없는 노란 잎 한 장을 머리뼈 속에 담아 마을로 돌아왔다.

번듯한 사각 집 옆 작은 삼각 집이 곰딸의 집이었다. 곰딸은 분홍바늘꽃이 한들한들 피는 뒤꼍에 구덩이를 파고 머리뼈를 놓았다. 잘게 쪼갠 담배를 노란 잎으로 싸서 머리뼈 위에 올리고 흙을 덮었다. 구름꼬리가 등을 타고 올라 턱 밑에서 킁킁댔다. 어미를 잃은 뒤부터 부쩍 더 치댔다. 곰딸은 성가시게 구는 녀석을 던져 놓고 흙무덤을 도닥였다.

"겨울에는 함박눈, 봄에는 꽃부리, 여름에는 딸기 덤불, 가을에는 진 잎사귀, 철마다 새 이불 따듯하게 덮고 자라. 한 숨 자고, 두 숨 자고, 세 숨 자고 일어나서 배부르게 먹고 구름 위를 뛰놀다가 돌아오니라, 돌아오니라."

땅에 묻은 담비는 구름 위로 솟았다가 다시 숲에 떨어진다고 했다. 녀석은 이제 곰딸과 한 몸이라 어느 숲에 떨어지든 찾아서 데려올 것이다. 곰딸이 마지막으로 흙무덤을 쓰다듬는데 옆집에서 누가 나왔다. 둘도 없는 배꼽 친구 산앵두였다.

"우리 집 옆에다 묻지."

산앵두가 곰딸 옆에 쭈그리고 앉았다. 하얀 털모자 아래로 길게 늘어트린 까만 머리 타래가 비단실처럼 반짝였다. 곰딸은 헝클어진 제 머리채를 뒤로 넘기며 퉁명스레 대꾸했다.

"묻은 자리가 무슨 소용이람."

"누가 아니? 우리 집 지붕에 담비가 우박처럼 떨어질지."

너스레를 떤 것과는 달리 산앵두는 걱정스러운 표정이었다.

"이제 좀 웃어 봐. 죽은 지 벌써 사흘도 더 지났어."

함께한 날은 그 백 배도 넘었다. 녀석이 새끼 치는 것도 세 번이나 봤다. 끙끙대며 옷자락에 발톱을 박아 대는 통에 그때마다 꼼짝 못 하고 곁을 지켜야 했다.

"내가 있잖아. 구름꼬리도 있고."

산앵두가 곰딸의 손을 잡았다.

"흙 묻어."

곰딸은 슬그머니 손을 빼며 말을 돌렸다.

"가죽은 폭풍우한테 팔았어."

산앵두가 눈을 흘겼다.

"왜? 그이도 사냥꾼인데 직접 잡으라고 하지."

그거야 폭풍우를 짝으로 점찍었으니까. 올해 열여섯, 한창 짝을 찾을 나이였다. 곰딸은 그의 너럭바위 같은 등과 통나무 같은 장딴지가 좋았다.

"나한테 팔랬잖아. 조끼 해 입고 싶다고."

산앵두의 타박에 곰딸은 허리춤에 달린 줄을 잡아 뺐다.

"부적을 받았어."

손바닥 길이만 한 뼈가 고둥을 구슬처럼 꿴 장식을 달고 딸려 나왔다. 산앵두가 눈을 크게 뜨다 곧 혀를 찼다.

"곰 거시기 뼈에 넘어간 거야?"

곰딸의 목덜미가 달아올랐다. 다 자란 수곰을 사냥해야만 얻을 수 있는 귀한 부적이었다. 한시도 떼 놓지 않고 지니고 있으면 좋은 짝을 만나 건강한 아이를 많이 낳을 수 있다고 했다. 내내 갖고 싶었지만 손에 넣을 수가 없었다. 곰 사냥에 나설 사내가 없는 집에서 구할 수 있는 물건이 아니었다.

"정신 차려 이 계집애야!"

산앵두가 곰딸의 팔뚝을 때렸다.

"아파! 하지 마!"

곰딸이 노려보았지만 산앵두는 작정한 듯 물러나지 않았다.

"너 새끼 곰 구할 수 있어? 폭풍우를 노리는 애들이 얼마나 많은지 알지? 지참금으로 새끼 곰 두 마리 해 간다는 애도 있어. 나중에 질질 짜지 말고 그만둬."

"싫어."

"싫으면? 사내라고는 없는 집구석인데 누가 새끼 곰을 잡아다 줘?"

외할아버지가 엄연히 살아 있었지만 곰딸은 말하지 않았다. 산앵두도 뻔히 알면서 한 소리였다. 곰딸은 꼴깍 침을 삼키고 산앵두의 눈치를 보았다. 그러곤 입 속에서 뱅뱅 돌던 말을 밖으로 꺼냈다.

"두 번째 짝이라도 좋아."

산앵두의 눈초리가 치솟았다. 곰딸은 얼른 뒤통수를 감쌌다. 팔뚝 다음은 으레 뒤통수였다. 산앵두가 손을 들다 말고 한숨을 쉬었다.

"너, 미쳤어? 데릴사위를 들여도 모자랄 판에. 네 어머니 아시면 억장이 무너지겠네. 홀몸으로 죽을 둥 살 둥 키운 딸이 이런 소리나 하고."

산앵두가 곰딸의 머리를 쓰다듬었다.

"그만둬. 폭풍우는 너랑 안 어울려."

손길은 다정했고 목소리에는 걱정이 어려 있었다. 산앵두가 자신을 아낀다는 걸 곰딸도 알고 있었다. 동갑인 주제에 언니처럼 굴며 늘 이것저것 챙겨 주었다. 줄곧 그래 왔다. 그러나 동시에 그 애의 말과 몸짓은 곰딸을 뭉개 놓았다.

그래, 폭풍우를 좋아하는 건 자신만이 아니다. 마을 여자애 대부분이 그의 짝이 되고 싶어 했다. 폭풍우도 그걸 알고 여자애들의 호감을 멋대로 휘두르기도 했다. 그러면서도 늘 한 사람의 눈치를 살폈다.

산앵두. 팔다리가 나붓하고 명랑한 산앵두. 깊은 숲에서도 어김없이 불거지는 빨갛고 또록또록한 열매처럼, 싱그러운 몸짓과 짜르르 퍼지는 웃음소리는 어디서든 눈길을 끌었다. 폭풍우한테 판 담비 가죽은 며칠 안에 조끼가 되어 산앵두 손에 들어갈 것이다.

곰딸은 일어나 홱 돌아섰다. 부르는 소리가 들렸지만 돌아보지 않았다. 짓밟혀 속이 터진 도토리가 된 기분이었다. 두 번째라도 좋다고 한 건 벼르고 벼른 끝에 어렵게 꺼낸 말이었다. 산앵두가 첫 번째라도 좋다는 뜻이었다. 둘도 없는 친구니까, 산앵두니까. 그런데 그만두라고? 폭풍우가 나랑 안 어울린다고? 네가 어떻게 알아? 네가 뭔데.

코끝이 화끈거리는가 싶더니 이내 턱을 타고 물방울이 떨어졌다. 곰딸은 눈가를 박박 훔쳤다. 얼굴이 시려 기분이 나빴다. 자신이 얼마나 고민했는지, 얼마나 마음을 졸였는지, 산생두는 꿈에도 알지 못할 것이다. 그 애 아버지는 아직 굳세었고 곰 같은 오빠도 둘이나 있다. 새끼 곰 몇 마리 잡아 오는 것쯤이야 일도 아니겠지. 속이 드글드글 끓어올랐다.

곰, 곰, 곰이 문제라면, 새끼 곰 까짓것, 직접 구해 오면 되지.

곰딸은 저녁거리로 구워 둔 메추라기 세 마리를 단숨에 먹어 치우고 닥치는 대로 바랑을 꾸려 마을을 떠났다.

홧김에 나서긴 했지만 오랫동안 마음에 담아 둔 일이었다.

'강 따라 하루 걸으면 큰 강이 나오고 큰 강 건너 해 뜨는 쪽으로 또 하루 이틀 가다 보면, 새끼 곰을 집집이 키우는 마을이 있더라고. 울치인지 울차인지, 강아지만 한 곰을 아예 풀어 키우더구먼.'

외할아버지가 직접 보았다니 틀림없었다.

해가 기울 즈음 곰딸은 한 번도 가 본 적 없는 길에 접어들었다. 그래도 강은 여전히 옆에서 나란히 흘렀고, 오가는 발자국도 끊이지 않았다. 그리고 무엇보다 구름꼬리가 곁에 있었다.

그때까지만 해도 할 수 있을 거라 믿었다. 마을을 찾으면 새끼 곰 한 마리를 훔쳐 올 작정이었다. 곰이 흔한 데다 묶이지도 않은 채 이리저리 돌아다닌다면, 그 가운데 한 마리쯤은 구름꼬리가 마을 밖으로 몰아 올 수 있을 거로 생각했다.

그러나 해가 지고 사방에 찬 공기가 내려앉자 곰딸은 그만 마을로 돌아가고 싶어졌다. 어스름과 함께 걱정이 밀려왔다. 낯선 사람을 반기는 마을은 없다. 마을에 들어가는 것부터가 큰일이었다. 어찌어찌 곰을 훔친다 해도 사람들이 쫓아오면? 새끼라도 곰은 곰이다. 구름꼬리에 비할 수 없이 무거울 텐데.

곰딸은 고개를 저었다. 어머니의 무시무시한 얼굴이 눈앞에 어른거렸다. 이대로 돌아갔다가 무슨 일이 벌어질지 상상도 하기 싫었다. 외할아버지 몫까지 메추라기를 먹어 치운 일도 들켰을 거다.

곱은 손을 비벼 가며 물웅덩이와 바위 사이에 잠자리를 보았다. 종잇장처럼 얇게 깎아 낸 마른 나무에 성냥을 그었다. 빛과 온기가 퍼지자 기분이 나아졌다.

모닥불에 연어를 그을리며 구름꼬리를 불렀다. 녀석은 불에서 멀찍이 떨어져 앉더니 살얼음 낀 으름을 내려놓고 먹기 시작했다. 제 어미는 겁이라곤 없었는데. 그 녀석은 불가에 붙어 앉아 천연덕스레 온기를 쬐곤 했다. 그런 담비는 다시없을 거다.

녀석은 아직 뒤꼍에 있을까, 벌써 구름 속에 들어갔을까? 곰딸은 하늘을 올려다보았다. 찬 바람이 얼굴을 때렸다. 담비를 길들인 사람은 마을에 몇 없었다.

"길들이기는 곰이 더 쉽댔어."

방법은 곰을 찾고 나서 고민해도 된다. 아무리 생각해 봐도 그 수밖에 없었다. 빈손으로 돌아가 산앵두의 위로를 받느니 죽어 버리는 게 나았다. 곰딸은 주먹을 꾹 쥐고 불가에 등을 대고 누웠다.

숲에서 밤을 새우는 건 익숙했다. 곰딸은 숲의 밤을 좋아했다. 덤불 타는 소리, 주홍색 불빛, 살갗에 닿는 열기, 철마다 바뀌는 새소리, 벌레 소리, 숨죽인 작은 짐승의 발소리, 멀리서 우는 늑대 울음, 밤과 함께 짙어지는 풀 냄새, 그리고 줄지은 우듬지 위로 흐르는 별.

그러나 그건 날이 좋을 때 얘기다. 겨울이 발치까지 왔다. 밤은 일찌감치 찾아왔고 모질게도 춥고 길었다. 땅에서는 냉기가 올라오고 찬 바람이 뼛속까지 파고들었다. 무릎을 불가에 대면 등이 얼고 엉덩이를 불가에 대면 코가 얼었다.

낮은 낮대로 어려웠다. 언제 무엇과 마주칠지 몰랐다. 끼닛거리로 사냥감을 쫓다 보면 꺾인 나뭇가지, 까진 나뭇등걸, 누린내 지린내로 어느새 사방에 영역 표시가 되어 있었다. 길을 찾아 숲을 헤매다 보면 몇 걸음이면 닿을 거리에 맹수의 그림자가 지나갔다.

강 따라 하룻길이라 했는데 어디서 헤맸는지, 사흘째야 큰 강을 건넜다. 뱃사공은 토끼 가죽을 세 장이나 받고도 탐탁잖은 표정이었다. 강을 건너는 내내 혹여 한번 볼 수 있을까 하고 이제나 저제나 살폈지만, 큰 강을 다닌다는 연기 뿜는 배는 보이지 않았다. 사공에게 묻자 증기선이 매일 다니는 줄 아느냐며 대놓고 촌뜨기 취급을 했다.

배에서 내리자 날이 저물었다. 언 손으로 꾸역꾸역 잠자리를 만들고 불을 피우는데 나무 위의 올빼미가 목을 쭉 뻗고 고개를 가로흔들었다.

네가 곰을 얻을 수 있을 것 같으냐? 네 주제에?

구름꼬리를 품에 안고 바싹 웅크리고 있다가 선잠이 들었다.

곰딸은 꿈에서 울며 걷고 있었다. 난 왜 이렇게 태어났을까? 곰 한 마리도 가져 보지 못하고 혼자 늙어 죽고 말 거야. 그때 한 사람이 나타났다. 그이가 발을 쿵쿵 구르자 세 갈래 길이 솟아났다.

왼쪽 길로 가면 넌 큰 곰을 얻게 될 거야. 오른쪽 길로 가면 넌 작은 곰을 얻게 될 거야. 어느 길로 갈 테냐? 곰딸이 가운뎃길을 보며 머뭇거리자 그이가 말했다. 그 길은 네 조상이 태어난 길이야. 너도, 네 후손도 그 길을 가게 될 테지.

곰딸이 물었다. 그 길로 가면 어떻게 돼요? 좋은 짝을 얻게 되나요? 그이가 대답했다. 그 길로 가면 넌 곰이 될 거야. 그 사람은 곰딸의 기대를 와르르 무너트리고는 커다란 곰으로 변해 눈바람 속으로 사라졌다.

눈을 뜨자 불길이 가물가물했다. 곰딸은 마른나무를 던져 놓고 불길이 살아나는 것을 지켜보았다. 오른쪽이든 왼쪽이든 가 보기나 할걸. 꿈에서조차 곰을 얻지 못하다니, 아쉽고도 아쉬웠다.

"그래도 숲사람을 꿈에서 본 건 좋은 징조야. 그렇지?"

구름꼬리가 잠이 덜 깬 눈으로 올려다보았다. 곰딸은 구름꼬리의 목덜미를 문지르고는 고쳐 앉았다. 다시 잠들기에는 너무 추웠다. 해가 뜨기를 목 빠지게 기다렸다가 땅 끝에 푸른 기가 돌자 자리를 털고 일어났다.

2. 곰딸

“죽겠다.”

온몸에서 우둑우둑 소리가 났다. 구름꼬리가 나무에서 내려와 주위를 돌아다니며 냄새를 맡았다.

“너는 좋겠다. 추위에도 끄떡없으니.”

곰딸은 바랑을 짊어지며 뾰족숲 신령께 빌었다.

‘오늘은 제발 마을을 찾게 해 주세요.’

하지만 한나절을 걸어도 마을은커녕 사람 흔적도 없었다. 기운이 빠져 얼어붙은 이끼 위에 퍼져 앉는데 갑자기 구름꼬리가 몸을 곧추세우고 코를 씰룩였다. 투루락투두락 부딪치는 소리가 빠르게 다가왔다. 곰딸이 나무 뒤에 몸을 숨기자 구름꼬리가 그 나무를 타고 올라갔다.

몸을 숨기자마자 가문비나무 뒤에서 순록 두 마리가 달려 나왔다. 얼음 먼지가 사방에 튀고 썰매가 보였다. 썰매 위에는 붉은 토시를 한 사내가 서서 장대로 순록 엉덩이를 쳐 댔다. 한 대가 송골매처럼 지나가고 곧 세 대가 동시에 나타났다. 썰매들은 나무 사이로 아슬아슬 빠져나와 선두를 쫓아 달렸다. 순록 경주였다.

곰딸은 썰매가 완전히 사라질 때까지 기다렸다가 언 땅에 길게 끌린 자국을 살폈다. 자국이 끝나는 곳에 마을이 있겠지? 어느 마을이든 갈 수만 있다면 울치인지 울차인지 하는 마을이 어디인지 물어볼 수 있을 것이다. 썰매가 향한 쪽이 마을일까? 아니면 반대쪽?

이럴 때는 불 신령께 물어보는 게 최고다. 곰딸은 모닥불을 피웠다. 불길이 활활 타오를 때까지 마른나무를 던져 한껏 불을 돋우었다. 불이 뻗은 쪽이 가야 할 쪽이었다. 곰딸은 불이 가리키는 방향을 유심히 살폈다. 그때였다.

"저기."

갈라진 목소리가 뒤쪽에서 들렸다.

살을 메기는 건 한 호흡으로 충분했다. 나무 위에 있던 구름꼬리가 사냥 신호를 알아채고 움직였다. 자리에서 일어났을 때 살촉은 정확히 사내의 오른쪽 눈을 겨누고 있었다.

"거기 서."

사내가 멈춰 섰다. 기이한 몰골이었다. 머리에는 코끝이 간신히 보일 만큼 크고 두툼한 털모자를 썼는데 웃옷은 가슴팍이 훤히

드러나는 홑겹이었다. 순록한테 거는 챗대를 자기 허리에 걸고 썰매를 끌고 있고, 썰매에는 털외투를 걸친 순록이 타고 있었다. 순록이 사람을 끌지 않고 사람이 순록을 끌다니, 제정신인가?

곰딸이 물러나며 말했다.

"그대로 떠나면 해, 해치지 않겠어."

떨리는 기색을 감추려고 애썼지만 실패였다. 곰딸한테 낯선 사내는 맹수와 비슷했다. 그들은 힘세고 빨랐다. 그저 어깨를 으쓱하거나 팔을 들어 올리는 것만으로도 몸이 움츠러들었다. 하물며 보통 사내도 아니고 정신 나간 사내라면 말할 것도 없었다.

그러나 그는 별다른 행동을 하지 않았다. 시선을 내린 채 가만히 서서 모자를 위로 젖힐 뿐이었다. 막 솜털이 가신 여린 뺨이 드러났다.

"불가에서 잠시만 쉬게 해 줘."

소리가 갈라지고 높았다 낮았다 했다. 목소리도 변하기 전인 애송이였다. 곰딸은 사내를 찬찬히 살펴보았다. 땅에 구르기라도 한 건지 몸 군데군데 덤불과 흙이 묻어 있었고, 모자 밑으로 드러난 미간에는 곤한 주름이 잡혀 있었다. 수놓은 붉은 토시를 찬 걸 보면 좀 전에 지나간 자들처럼 순록 경주를 하는 중인 듯했다.

곰딸이 대뜸 물었다.

"울차인지 울치인지 하는 마을이 어디 있는지 알아?"

어린 사내가 썰매가 떠난 쪽을 턱짓으로 가리켰다.

"저쪽에."

"멀어?"

"한나절이면 가."

아아, 뱂족숲 신령님 감사합니다. 곰딸은 춤이라도 추고 싶었다. 오늘 밤은 지붕 밑에서 잔다. 잘 수 있을 것이다. 곰딸의 마음이 누그러졌다. 사내는 묻는 말에도 꼬박꼬박 대답하고, 움직임도 크지 않고 차분해서 성질이 급하거나 사나워 보이지 않았다.

곰딸이 비켜서자 그가 썰매를 끌고 불가로 다가왔다. 썰매에 누운 순록은 정강이에 피가 배어 나온 천을 감고 있었다. 순록은 축 늘어진 채 눈만 끔뻑였다.

"가망 없어 보이는데 괜한 고생 시키지 말고 보내 주지 그래?"

그가 처음으로 곰딸과 눈을 맞추었다. 불린 고사리 같은 연한 갈색, 보기 드물게 색이 옅은 눈동자였다. 곰딸은 어쩐지 마음이 쓰여 부드럽게 덧붙였다.

"갈라서 가죽이랑 고기만 챙기면 훨씬 가벼워지잖아. 바로 먹을 수도 있고……."

여전히 눈을 맞춘 채 그가 가만히 말했다.

"정 주고 기른 놈이야."

"그래?"

곰딸은 길을 알려 준 보답으로 친절을 베풀기로 했다.

"그럼 네 손으로 숨을 끊긴 힘들겠다. 대신 해 줄까?"

그가 왼손으로 푸석한 얼굴을 쓸었다. 손가락이 두 개밖에 없었다.

"죽이고 싶지 않아. 먹고 싶지도 않고."

곰딸은 어리둥절했다. 고통스러워하는 짐승의 숨을 끊어 주는 건 인간의 도리였다. 죽은 짐승의 고기를 먹는 건 숲의 섭리였다. 넋은 살에 깃들어 있어 먹히지 않으면 다시 태어날 수 없다. 정 주고 기른 짐승이라면 더 먹어야만 했다. 그러나 곰딸은 굳이 말하지 않았다. 며칠을 숲에서 잤고 제대로 된 음식도 먹지 못했다. 긴말하기 싫었다. 그 역시 비슷한 심정인지 말을 돌렸다.

"그런데 그 마을은 왜 찾아?"

"짝을 뺏어 오려고."

기세등등한 선언에 그의 눈이 둥그레졌다.

"네 짝이 거기 있어?"

"아니. 우리 마을에 있어."

"그럼 왜?"

"그런 게 있어."

일어나려고 신을 동여매는데 마음이 급해 그런지 매듭이 자꾸 꼬였다.

용감하네. 그가 혼잣말처럼 중얼거리더니 곰딸에게 물었다.

"도와줄까?"

뭘? 신 신는 걸? 황당한 소리에 쳐다보자 그가 천진하게 웃으며 곰딸 앞에 쭈그리고 앉았다. 그러고는 기껏 동여맨 끈을 풀기 시작했다.

"야, 너, 뭐 해!"

"괜찮아, 괜찮아."

그가 발등을 다독였다.

"한참 걸었지? 발이 엉망일 거야. 돌아가려면 또 그만큼은 걸어야 할 텐데 이대로 뒀다간 크게 고생해."

처음 본 사내에게 발을 맡긴 것은 아무리 생각해도 이상한 일이었다. 조곤조곤한 말투 때문인지 무른 목소리 때문인지 정신을 차리고 보니 그러고 있었다.

손가락이 둘밖에 없는 왼손은 움직임이 어색했다. 그러나 보기만 그럴 뿐 손놀림 자체는 빠르고 확실했다. 그는 곰딸의 신을 벗겨 내고 허리에 맨 바랑에서 기름종이로 싼 꾸러미를 꺼냈다. 종이를 열자 싸한 냄새가 풍겼다. 질퍽한 초록 덩어리가 버선 위에 발렸다.

"맨살에 바르는 것보다 이게 나아. 버선 벗다 짓무른 살이 벗겨지기라도 하면 쓰리잖아."

말은 다정했고 손길은 더 다정했다. 별 뜻 없는 일인데도 귀가 화끈거렸다.

"나, 약 잘 만들어. 잘 쓰기도 하고."

그는 묻지도 않은 말을 줄줄 했다. 곰딸은 순순히 고개를 끄덕였다. 그런 것 같았다. 후끈거리던 발이 당장 시원해졌다.

"노래도 잘해. 날씨도 잘 맞히고."

뜬금없이 자랑이 이어졌다.

"짐승이랑 말도 통해."

곰딸이 얼굴을 찌푸리자 그가 구름꼬리가 자리 잡은 나무를 올려다보았다.

"저 담비, 너랑 같이 온 녀석이지? 배고프대."

곰딸은 깜짝 놀랐다. 그리고 그제야 썰매 뒤에 걸린 북을 발견했다.

"너, 무당이야?"

그가 조금 풀 죽은 표정을 지었다.

"아니."

그러다 풀린 얼굴로 순록을 보았다.

"북소리를 좋아해, 이놈이."

곰딸은 안도했다. 무당은 속일 수도 거스를 수도 없었다. 수호령을 부려 뭐든 알아내는 데다 거슬리면 해코지도 서슴지 않았다.

"무당도 아닌데 짐승 말을 알아듣는다고?"

"그래, 숲 신령께 맹세해."

미심쩍었지만 더 따지지는 않았다. 두고 보면 알 일이었다.

"근데 그 이야길 왜 해?"

"나 재주 많다고."

겨우살이 열매처럼 투명한 눈이 매달리듯 곰딸을 보았다.

"내가 도와줄게. 네가 찾는 마을, 우리 마을이야."

곰딸은 천천히 눈을 깜빡였다. 불 신령이 도우신 걸까? 낯선 마을에서 새끼 곰을 훔쳐 오려면 도움이 절실하긴 했다. 그러나 수상쩍었다. 그가 자신을 도와줄 까닭이 없었다.

"왜 도와주는데?"

"대신, 너도 날 도와줘. 어차피 마을까지 갈 거면 나랑 같이 이놈 좀 끌어 줘."

뿌연 얼음 알갱이를 덕지덕지 붙인 채 누운 짐승은 사내와 곰딸을 더한 무게보다 곱절은 무거워 보였다. 대답이 없자 속이 타는 듯 그가 매달렸다.

"부탁이야. 내버려 두면 이놈 죽어. 뭐든 도울 테니까!"

손을 쓴다 해도 순록이 살 것 같지 않았지만 그건 그가 판단할 몫이었다.

"그럼 뾰족숲 신령께 맹세해. 마을에 가면 뭐든 돕겠다고."

"좋아. 뾰족숲 신령께 맹세코, 우리 마을에서 내가 도울 수 있는 일이 있다면 뭐든 도울게."

홀쭉한 뺨이며 가느다란 팔목을 보면 힘이나 제대로 쓸까 싶었다. 곰딸은 속으로 끌탕을 쳤지만 웃는 낯을 지었다. 그가 챗대 한쪽을 내밀었다.

"난 매발톱이야. 네 이름은 뭐야?"

이름은 근사했다.

"알아서 뭐 하게?"

"뭐라고 불러야 하나 싶어서."

"일없어."

곰딸은 시큰둥하게 대답하고 챗대를 받았다. 딱히 쌀쌀맞게 굴 생각은 없었다. 그러나 여기까지 와서 이름 때문에 마음 상하고 싶지 않았다. 곰딸은 자기 이름이 싫었다. 이름을 말하면 반드시 말이 나왔다. 아비가 대단한 곰 사냥꾼인 모양이라고.

마을 사람들 말마따나 가당찮은 이름이었다. 외할아버지는 곰 사냥을 나갔다가 오른쪽 다리가 무릎 아래부터 사라진 채 돌아왔고 아버지는 아예 돌아오지 못했다. 그러니까 애초에 곰이 문제였다.

며칠 사이에 겨울이 잰걸음으로 다가왔다. 땅에도 서리가 앉았다. 미끄럽지도 고르지도 않은 땅은 썰매 끌기가 힘들었다. 매발톱이 반쯤 왔다고 할 때 곰딸은 이미 헐떡대고 있었다. 앞서가던 구름꼬리가 거푸 돌아와 뭘 하느냐는 듯 올려다보았다. 일은 원래 할수록 고되었다.

'익숙해지면 나아질 줄 알았는데.'

곰딸은 키가 어머니 가슴에 찰 때부터 한 사람 몫을 해야 했다. 하지만 손에 익을 만하면 일이 자꾸 늘었다. 다리 못 쓰는 늙은이를 보살피며 모녀 둘이 꾸려 가는 살림은 늘 힘에 부쳤다. 고단한 나날은 해를 거듭하는 동안 차곡차곡 쌓여 힘들라치면 몸이 지레 겁을 냈다.

곰딸은 폭풍우 생각을 했다. 그 커다란 발과 두툼한 손바닥, 굵은 콧방울을 발 디딜 때마다 떠올렸다. 마을 으뜸가는 사냥꾼이 곁에 있다면 고된 나날은 끝날 것이다.

그는 곰한테 허무하게 목이 꺾여 죽는 일 없이 자신과 자신의 아이를 지켜 줄 것이다. 곁에서 나란히 걸을, 다정하게 자신을 안고 그윽하게 내려다볼 폭풍우를 상상했다. 달콤한 열매를 따기 위해서는 참고 견뎌야 한다.

하지만 마을은 가도 가도 보이지 않고 발은 디딜 때마다 땅에 들러붙었다. 배가 고픈 건 말할 것도 없었다. 고기가 먹고 싶었다. 그러면 힘이 날 텐데. 잘 구워서 기름이 자르르 도는 살을 씹어 삼키고 싶었다. 그 부듯한 느낌을 떠올리자 입에 침이 고이고 허기가 폭풍처럼 밀려왔다.

더는 못 걷겠어. 말을 하려는데 산뜻한 콧날과 긴 속눈썹이 눈에 들어왔다. 매발톱의 옆얼굴은 고단함이라고는 모르는 사람처럼 말끔했다. 그러나 그는 잠시 쉬는 동안에도 순록을 달래고 상처를 살피느라 다리 한번 제대로 뻗지 못했다. 오르내리는 가슴팍을 보면 힘든 건 매한가지였다.

매발톱이 돌아보았다. 눈이 마주치자 설핏 웃더니 작게 흥얼거리기 시작했다. 갈라지고 높낮이도 불안하지만 묘하게 듣기 좋은 목소리였다.

사나운 검은 곰, 위대한 숲사람, 누가 너를 죽였지?
누가 네 머리를 잘랐지? 누가 너를 먹었지?

곰딸도 아는 노래였다. 곰에 대한 노래는 많았다. 곰은 특별하니까. 사람은 죽어 곰으로 태어나고 곰은 죽어 사람으로 태어난다. 그래서 곰은 사람처럼 두 발로 서고, 하는 짓도 다른 짐승과 달랐다.

넬 먹은 건 까마귀, 까마귀가 날아와 먹었어
검은 부리로 가슴을 헤집고 네 간을 쪼아 먹었지

노래는 속을 긁고 마음을 까불었다. 곰딸은, 곰이 싫었다. 싫었지만 간절히 원했다. 할 수만 있다면 직접 곰을 잡고 싶었다.

"아냐, 널 먹은 건 나야. 내가 큰 활로 널 잡았어. 널 먹었어."

곰딸이 멋대로 이어 붙인 노래를 매발톱이 천연덕스럽게 받았다.

"그래, 먹었어. 쇠칼로 가슴을 갈라 네 간을 먹었지."

사람들은 죽이고도 죽이지 않았다고, 먹고도 먹지 않았다고 거짓말을 해. 그렇게 하면 없던 일이 되기라도 하는 것처럼. 매발톱이 노래를 마치고 속삭였다.

한나절이면 갈 수 있다는 마을은 다음 날 해가 넘어갈 무렵에야 겨우 모습을 드러냈다. 마침내 마을 어귀가 눈에 들어오자 곰딸은 소리를 지르며 매발톱의 어깨를 쳤다. 매발톱도 이가 다 드러나게 웃었다. 추운 날씨에도 얼굴이 땀범벅이었다. 흙먼지까지 묻어서 볼만했다. 자신의 얼굴도 별반 다르지 않을 테지. 곰딸은 땀을 훔쳐 내며 웃었다.

"곰딸. 내 이름이야."

그러고는 매발톱이 뭐라 하기 전에 앞서 나아갔다. 눈이 내리기 시작했다. 눈송이 사이를 뛰어다니던 구름꼬리가 두 발로 서서 이쪽을 바라보았다. 이제 진짜 몇 발 안 남았다.

3. 귀신 들린 남자

어스름이 내린 마을은 언뜻 보기에도 북적였다.

"무슨 날이야?"

"내일 곰을 뾰족숲 신령께 돌려보낼 거야. 그저께부터 잔치판이지. 순록 경주도 하고."

곰딸의 마을에서는 개 경주를 했다. 이 마을은 모습도 풍습도 달랐다. 곰딸의 긴장한 표정에 매발톱이 달래는 소리를 했다.

"그런 표정 마. 낯선 사람이라고 무작정 내쫓지 않으니까. 게다가 잔치라 딴 마을에서 손님이 얼마나 많이 왔는데. 너 하나쯤은 눈에 띄지도 않을 거야."

눈썹에 내려앉은 굵은 눈송이가 매발톱 얼굴에 그늘을 드리웠다. 곰딸은 구름꼬리에게 기다리라는 신호를 보내고 크게 숨을 들이켰다. 두려움도 컸지만 기대가 되었다.

마을로 들어서자마자 곰딸은 주위 풍경을 정신없이 눈에 담았다. 새끼 곰이 몇 마리나 있을까? 들은 대로 발에 챌 만큼 많으면 좋겠다. 그런데 휘둘러보아도 풀어 키운다는 새끼 곰이 단 한 마리도 보이지 않았다.

"곰은 어딨어?"

"오두막에 있지. 잔치판에 풀어놨다가 무슨 일 나라고."

아아, 곰딸은 눈두덩을 쓸었다. 오두막에 가둔 곰을 어떻게 훔쳐 내지? 매발톱을 힐끔 보았다. 이것저것 캐묻고 싶었지만 아까부터 표정이 심상치 않았다. 마을로 들어선 뒤 부쩍 말이 없었다.

마을 맨 구석, 집이라고 부르기에도 아까운 허술한 오두막에 다다를 때까지 아무도 매발톱을 알은체하지 않았다. 곰딸이 순록을 태운 썰매를 끌고 돌아왔다면 온 마을이 시끌시끌했을 것이다. 산앵두가 달려 나와 무슨 일인지 캐묻고, 오만상을 찌푸린 어머니는 욕부터 퍼붓고, 성미 급한 이웃들은 빨리 잡아라 가죽 상한다, 고기는 자기한테 팔아라, 이 말 저 말 얹으며 끼어들었을 것이다. 그러나 이 마을 사람들은 매발톱이 순록을 끌고 집 안으로 들어간 뒤에야 문 앞에서 기다리는 곰딸을 힐끔거릴 뿐이었다.

"누구야? 매발톱 친척이야?"

곁을 맴돌며 떨어지는 눈송이를 받아먹던 어린애가 한참 눈치를 보다 슬금슬금 다가왔다. 듣지 않는 척했지만 다들 귀를 쫑긋거리고 있을 게 뻔했다. 뭐라 대답해야 할지 몰라 머뭇거리는데 거적문을 들추고 매발톱이 나왔다.

"궁금하면 나한테 묻지."

꼬마는 매발톱의 입에서 굼벵이가 튀어나오기라도 한 듯 펄쩍 뛰어 물러났다. 늙은 여자가 들고 있던 광주리를 내려놓고 아이 눈 사이를 매만지더니 두 손바닥을 붙이고 뾰족숲을 향해 고개를 조아렸다. 부정을 털어 내는 몸짓이었다.

왜 널 보고 저러는 거야? 곰딸은 입술을 물었다 놓았다 하다가 목에 걸린 질문을 삼켰다. 매발톱은 아무것도 못 본 듯 웃었다.

"배고프지? 어서 우두머리 집으로 가자."

우두머리 집은 언덕 밑에 크게 자리를 틀고 있었다. 집 안팎에서 잔치판이 벌어지는 참이었다. 마당에는 거대한 장작불을 피워 궂은 날씨가 무색하게 사방이 훈훈했다. 사람들은 불가에 자리를 깔고 앉아 술과 고기가 놓인 쟁반을 받았다.

집 안은 호사스러웠다. 곰딸의 마을에서도 우두머리 집이 가장 컸지만 비교도 되지 않았다. 바닥에는 윤기 나는 털가죽이 빈틈없이 깔려 있었는데 머리까지 달린 곰 가죽도 몇 개나 되었다. 화덕이 다섯 개에 들보에는 말린 고기와 훈제한 연어가 주렁주렁 달려 있었다. 이만한 먹을거리라면 겨울을 세 번이고 네 번이고 걱정 없이 날 수 있을 것이다.

매발톱은 모여 앉은 늙은 사내 가운데 가장 좋은 외투를 걸치고 가장 화려한 방석에 앉은 사내에게 곰딸을 데리고 갔다.

"남들 들어온 지가 언제인데, 이제 기어들어 와. 경주를 한 거냐, 마실을 간 거냐."

우두머리는 매발톱을 보자마자 역정을 냈다.

"순록이 다치는 바람에……."

"숨이 간당간당한다더니, 전 재산을 날릴 판이로구나."

우두머리가 한마디 할 때마다 주위 소리가 낮아지더니 혀 차는 소리가 귀를 때릴 만큼 고요해졌다.

"그러게 왜 쓸데없이 나서서는."

매발톱은 속없는 사람처럼 웃기만 했다.

"순록 경주도 하고, 곰 다루기도 해야 어른이 되지요."

"어른치레만 한다고 어른이 돼? 사람 구실을 해야 어른이 되지."

우두머리는 매발톱의 왼손을 흘기더니 침을 퉤 뱉었다. 그는 담뱃대를 두어 번 빨고는 곰딸 쪽으로 눈을 돌렸다. 매발톱이 말했다.

"어머니 여동생의 딸입니다."

우두머리는 전혀 믿지 않는 표정으로 콧방귀를 뀌었다.

"퍽이나. 좋은 날이니 넘어간다만, 저 애가 일 치면 네 책임이다."

우두머리가 손을 휘젓자 매발톱이 물러났다. 사람들 눈길이 끈끈하게 들러붙었다 떨어졌다.

곰딸은 매발톱과 헤어져 여자들 자리로 갔다. 여자들은 별말 없이 엉덩이를 비켜 주었다. 그러나 매발톱은 사내들 자리에 가서 앉지 못했다. 불기운이 닿지도 않을 만큼 화덕에서 멀리 떨어진 곳에 홀로 앉아 음식을 먹었다. 집 안이 사람으로 가득 찰 때까지, 그의 곁에는 아무도 앉지 않았다.

여자들은 자식과 남편 사이를 왔다 갔다 하면서도 쉬지 않고 먹어 댔다. 순록 고기, 철갑상어, 송어, 연어, 고기 젤리, 갖은 음식에 술까지 들어가자 귀가 따가울 정도로 시끄러워졌다. 곰딸은 매발톱이 마음에 걸렸지만 이내 먹을 것에 정신이 팔렸다. 곰딸은 조용히, 눈치껏 고기를 먹어 치웠다. 몸과 마음이 가득 차올랐다. 육즙이 흐르는 살, 역시, 따듯한 고기는 무엇과도 비교할 수 없었다.

나이 먹은 여자들은 겨울 양식이며 누비옷 이야기를 늘어놓으며 걱정 같은 자랑과 자랑 같은 시샘을 주고받았다. 어린 여자들은 서로 어디가 고운지, 무슨 재주가 대단한지 추어올리다가, 누구 짝으로 어느 사내가 어울릴지를 가지고 옥신각신했다.

새끼 곰 이야기를 한 줄이라도 얻어들으려고 귀를 쫑긋거렸지만 별 소득은 없었다. 곰딸은 뭐니 뭐니 해도 사냥 잘하는 사내가 최고라는 말에 속으로 맞장구를 치며 몸을 뉘었다.

곰딸은 잠에서 깨었다. 꼼짝달싹 못 할 만큼 곤한 중에도 배가 꾸륵거려 계속 잘 수가 없었다. 더 들어갈 데가 없을 때까지 먹고 마시고 바로 잠들었으니 그럴 만도 했다. 창밖이 어두운 걸 보니 아직 동트기 전이었다.

여자들 대부분은 이리저리 포개어져 자고 있었고, 몇몇은 밤을 꼴딱 새울 모양인지 붙어 앉아 속닥거리고 있었다. 귀신 들린 사내가 어쩌고, 뾰족숲 신령의 노염이 어쩌고 하는 말이 흘러나오는 걸 보면 무서운 이야기라도 하는 모양이었다. 곰딸은 듣지 않으려 애쓰며 볼일 볼 곳을 찾아 밖으로 나갔다.

일만 보고 들어갈 생각이었는데 눈바람에 잠이 완전히 깨고 말았다.

'새끼 곰 오두막을 찾아나 볼까?'

오두막이 어디에 있는지, 어떻게 생겼는지 알아야 방법을 찾든지 말든지 할 테니까.

숲사람 오두막은 마을 가장자리 산기슭에 짓는 게 보통이었다. 곰딸은 구름꼬리를 부르며 비탈을 올라갔다. 사냥이라도 간 건지 구름꼬리는 좀처럼 나타나지 않았다. 담비만 한 길잡이도 없는데. 길눈도 밝고 냄새도 잘 맡고 소리도 잘 들었다.

'진짜 짐승 말을 알아들을 수 있나?'

구름꼬리 어미가 가기 전에, 할 말이 있는 듯이 그렇게 쳐다봤는데. 말이 통했다면 어땠을까? 뭔가 달라졌을까?

생각에 잠겨 무심코 발을 딛는데 딱, 마른나무 부러지는 소리가 났다.

"어어?"

인기척과 함께 혀 꼬부라진 소리가 들려왔다.

"여자다."

길 건너에서 횃불이 어른거렸다. 곰딸은 등골이 쭈뼛 솟았다. 낯선 사내들이었다.

"혼잔가?"

"우린 셋인데."

벌스럽시노 않은 말을 해 놓고 사내들은 손뼉을 치며 웃었다. 붉은 토시를 보니 순록 경주를 한 이들이었다. 곰딸이 뒷걸음질 치자 반들거리는 눈동자들이 따라왔다. 코끝이 화살촉 같은 사내가 한 발 앞으로 나섰다.

"너, 딴 마을에서 왔구나."

몸은 곰딸을 향했지만 눈은 그 뒤를 살피고 있었다. 탐색은 금방 끝났다.

"짝이 없나 본데."

그의 목울대가 크게 오르내렸다.

"나는, 어때?"

곰딸은 한눈에 그를 훑었다. 제법 튼튼해 보였지만 폭풍우한테는 댈 게 못 됐다.

"그냥 그래."

딴에는 조심해서 대답한 거였다. 그런데 웬일인지 뒤에 선 두 사내가 숨넘어갈 듯 웃기 시작했다. 화살코의 얼굴이 일그러졌다. 그가 비틀거리며 다가왔다. 뒤의 둘도 말리지 않았다. 설마 어른 치레를 앞두고 허튼짓을 할까? 곰딸은 입 안의 살을 사리물었다. 아니, 술 취한 자는 무슨 짓이든 할 수 있다.

솜털이 일어날 만큼 긴장했지만 곰딸은 마음을 붙들었다. 홀로 사냥을 다니다 보니 간이 연어알만큼 오그라들어도 주위를 살필 수 있게 되었다.

발밑이 어두워 달아나는 것보다 상대하는 편이 낫다. 이쪽은 어둡고 저쪽은 밝아 해볼 만했다. 저자를 쏘면 마을 사람들이 가만있을까? 곰도 얻지 못한 채 달아나야 할지도 모른다. 하지만 방법이 없었다. 곰딸이 등 뒤로 손을 뻗자 머리 위에서 나뭇가지 부딪히는 소리가 났다. 구름꼬리가 왔다. 마음이 한결 차분해졌다.

가만히 활을 쥐는데 누군가가 어깨를 지그시 눌렀다. 쉿, 나야,

매발톱. 바싹 오그라든 근육이 탁 풀어졌다.
매발톱을 본 화살코 일당이 멈칫했다.
"갈 길 가. 사람 구실도 못 하는 주제에 나서지 말고."
화살코가 침을 뱉고 목소리를 키우자, 뒤에 있던 둘이 화살코의 양팔을 하나씩 잡았다.
"왜 이래, 놔! 큰무당도 저 새낄 쫓아냈는데, 뭐가 무서워서!"
그들은 버둥대는 화살코를 질질 끌고 갔다.
"이게 미쳤나, 어디 귀신 들린 놈한테 시비를 걸어."
"죽으려면 혼자 처죽어. 저놈이 암바라도 붙이면 어쩌려고."
암바는 무당이 부리는 수호령 가운데서도 가장 지독한 악령이다. 사냥을 방해하고 피를 멎지 않게 하고 열병을 가져오고 길에서 떠돌다 죽게 했다. 사내들은 사라졌지만 그들이 한 말은 곰딸 귀에 쟁쟁했다. 귀신 들린 놈. 매발톱을 부르는 말이 분명했다.
곰딸이 슬금 물러나며 거리를 벌리자 매발톱이 시무룩하게 말했다.
"나 귀신 안 들렸어. 저 녀석도 경계하지 않잖아?"
매발톱이 나무 위를 가리켰다. 구름꼬리는 아래를 둘레둘레 살피더니 딱히 긴장하는 기색도 없이 나무에서 내려와 매발톱과 곰딸 사이에 섰다. 짐승도 인간과 마찬가지로 귀신을 겁냈다. 숨붙은 것들은 섭리에 어긋나는 것을 두려워했다. 곰딸은 가늘게 뜬 눈으로 매발톱을 보았다.

"어떻게 날 찾았어?"

"쥐한테 물어봤지."

매발톱이 몸을 떨었다.

"추우니까 걸으면서 이야기해도 돼?"

마음은 대담해도 몸이 약한 사내였다. 부끄러운 줄 모르고 그걸 다 까발리는 듬직하지 못한 이였다. 하지만 곁에 있으면 마음이 덜 부대꼈다. 곰딸은 매발톱을 빤히 보았다. 낯선 곳에서 그나마 아는 사람이라 그런 걸까, 묘하게 의지가 되었다.

곰딸은 칭얼거리는 투가 될까 봐 조심하며 말했다.

"곰 오두막이 보고 싶어."

매발톱은 군말 않고 고개를 끄덕였다. 둘은 어깨를 나란히 하고 한동안 조용히 걸었다. 우두머리 집에서 새어 나오는 불빛이 가물거릴 때쯤 곰딸이 물었다.

"근데 아까 그 사람들, 왜 너더러 귀신 들렸다고 해?"

"믿고 싶은 대로 믿는 거지. 사람들은 믿을 만한 것보다 믿고 싶은 걸 믿으니까."

"뭐?"

"떠도는 이야기나 부적 같은 거, 그냥 믿어 버리잖아."

곰딸은 심사가 틀렸다. 거시기 뼈 부적, 숲사람, 구름 속의 담비, 믿고 싶은 걸 믿는 게 어때서.

"그럼 믿을 만한 건 뭔데?"

"그냥 그렇다고."

매발톱이 말라 죽은 바늘꽃 덤불을 발로 찼다.

"어릴 땐 새끼 무당이었거든. 그래서 그런지 다들 아직도 벌벌 떨어. 편할 때도 있는데, 좀 웃겨. 그때고 지금이고 암바 같은 건 본 적도 없는데."

한순간 주위가 푸릇하게 떠올랐다. 매발톱이 휘파람을 불며 하늘을 올려다보았다. 구름 사이로 보름달이 모습을 드러내고 있었다. 땅 위의 풍경이 뚜렷하게 윤곽을 드러냈다.

곰딸은 그제야 눈이 그친 것을 알았다. 가리는 것 없이 말간 공간이 보였다. 마을의 다른 곳과는 동떨어진 느낌이 났다. 무얼 히는 곳인지 바로 알아챘다. 곰을 쏘는 곳이었다.

곰딸은 이끌리듯 그리로 갔다. 매발톱은 딱히 말리지 않고 곰딸을 따라왔다. 마을에 있을 때는 한 번도 가 보지 못한 곳이었다. 여자들은 출입이 금지되었기 때문이다.

둥그런 공터 한쪽에 가지가 그대로 달린 가문비나무가 서 있었다. 그 앞에 굵은 기둥 두 개를 박아 놓았는데 기둥 끝에는 우듬지가 달린 어린 소나무와 껍질 벗긴 하얀 가지를 각각 달았다. 곰딸은 기둥 사이에 걸린 굵은 쇠사슬을 바라보았다. 곰을 묶을 사슬일 것이다.

"만져 봐도 돼?"

매발톱은 순순히 허락했다.

"그럼."

곰딸은 쇠사슬을 손끝으로 더듬었다. 자기 마을 같으면 어림없는 일이었다. 할 수 있는 거라곤 아침나절에 인사한 곰이 해 지기 전에 빈 털가죽으로 변한 것을 보는 게 전부였다.

"그런데 오두막은 왜 찾아?"

매발톱이 불쑥 물었다. 곰딸은 언 쇠사슬에 들러붙은 손가락을 떼어 내며 그를 보았다.

"훔쳐 갈 만한 새끼 곰이 있나 하고."

도움을 받으려면 어차피 털어놓아야 할 말이었다.

4. 착한 곰

곰딸은 매발톱의 입이 열리기를 초조하게 기다렸다. 뾰족숲 신령께 맹세했으니 딴소리는 못 하겠지. 그러나 대답은 예상을 한참 벗어났다.

"우리 마을에 새끼 곰은 없어. 병이 도는 바람에 곰 한 마리 빼고 다 죽었어."

곰은 튼튼한 짐승이다. 잘 먹이기만 하면 탈 없이 자랐다. 곰딸은 이를 시리물었다.

"발뺌하는 거야?"

"새끼 곰 여섯 마리가 차례로 죽어 나갔어. 뾰족숲 신령의 노염을 샀다고 난리가 났지."

그러고 보니 우두머리 집에서 비슷한 소리를 들은 것도 같았다.

"이번에 유독 잔치를 크게 벌인 것도 그래서야."

뾰족숲 신령의 노염이라니, 귀신 들린 사람보다 더 끔찍한 소리였다. 곰딸의 마음을 읽기라도 한 듯 매발톱이 얼른 말을 보탰다.

"다 허튼소리야."

그건 곰딸이 알 바 아니었다. 몇 날 며칠 고생이 물거품으로 돌아갔다.

"새끼 곰이 없으면 됐어. 내일 날 밝는 대로 떠날 거야."

빈손으로 돌아갈 생각을 하니 기가 막혔다.

"두 살짜리 곰은 어때?"

매발톱이 은근한 목소리로 물었다. 곰딸은 눈을 끔벅였다.

"제사에 쓸 곰 아니야?"

"맞아."

곰딸은 코웃음을 쳤다.

"미쳤어?"

매발톱이 곰딸을 빤히 보았다.

"너도 뾰족숲 신령의 노염이 무서워?"

"암만."

"괜한 걱정이야. 제사 같지도 않은 제사라 무슨 짓을 해도 노염 탈 일 없을걸?"

"그게 무슨 소리야?"

"오늘 사냥 나간 이가 몇이나 되는 줄 알아?"

"제사를 앞두고 사냥을 나간다고?"

"제삿날에도 사냥을 나가는데 뭘. 사람을 위한 제사지 숲신령한테 바치는 제사가 아니야."

곰딸은 손깍지를 쥐었다 풀었다 했다.

"정말이야?"

"마을 밖으로 데리고 나가게 해 줄게. 뾰족숲 신령께 맹세한 대로."

짐이라도 들어다 주겠다는 듯 가벼운 말투였다.

"말했잖아? 난 짐승이랑 말이 통한다고."

매발톱이 주머니에서 연어 아가미를 꺼내 던지고는 잣나무에 대고 말했다.

"괜찮아, 내려와서 먹어."

구름꼬리가 곰딸의 눈치를 힐긋 보더니, 나무를 타고 내려와서 떨어진 것을 주워 먹었다. 소심성 많은 녀석답지 않은 짓이었다.

"싫으면 말고. 대신 네가 거절한 거니까 빚은 갚은 거로 쳐."

사람 마음이 이상했다. 하랄 때는 싫더니 말라니 아쉬웠다. 폭풍우 얼굴이 눈앞에 어른거리며 밑져야 본전이란 생각이 퍼뜩 들었다.

"아니, 잠깐."

쿵쿵. 더운 김이 규칙적으로 뺨에 닿았다. 철그럭대는 소리, 낑낑거리는 소리가 들리는가 싶더니 누린내가 콧속을 파고들었다. 이런 곳에서는 절대 잠들지 못할 거로 생각했는데 그새 정신을 놓은 모양이었다.

곰딸은 실눈을 뜨다 코앞을 스치는 발톱에 혼이 나갈 뻔했다. 벽이 등에 닿을 때까지 허둥대며 물러나자 곰이 낑낑대며 다시 발을 뻗었다. 그러나 목에 걸린 쇠사슬 때문에 곰은 더 다가오지 못했다. 세 뼘 넘게 떨어진 자리였다. 어쩔 수 없다는 걸 깨달았는지 곰은 돌아서서 벽에 머리를 박기 시작했다.

곰딸이 잠든 곳은 짧은 쪽이 한 길, 긴 쪽이 한 길 반쯤 되는 오두막이었다. 빈틈없이 단단히 세운 널빤지를 보면 제법 공들여 지은 것 같은데, 바닥엔 똥오줌과 털 무더기가, 벽에는 긁어 놓은 자국이 가득했다. 문 양옆으로는 손바닥보다 조금 큰 창이 두 개나 있었는데, 그곳으로 빛이 들어왔다.

여긴 곰 우리고, 창은 곰에게 먹이를 주기 위해 뚫어 놓은 것이다. 매발톱은 곰을 잡으려면 곰 굴에 들어가야 하지 않겠느냐며 우습지도 않은 소리를 하더니, 곰딸을 여기다 데려다 놓았다.

"뭘 믿고 시키는 대로 한 거지? 매발톱을 마냥 믿어도 될까?"

곰딸은 자기가 묻고 자기가 대답했다.

"해코지할 사람 같진 않아."

짐승까지 그리 살뜰히 챙기는 걸 보면.

'착한 곰이야. 상냥하게 대하면 절대 해치지 않아.'

매발톱은 물통과 먹을거리가 든 보따리도 챙겨 주었다.

'아침에 사람들이 곰한테 독한 술을 줄 거야. 잔뜩 취하면 화살에 맞아도 난동을 피우지 못하니까. 술은 버리고 이 물을 줘. 곰이 취하면 계획은 끝장이야. 몸도 못 가누는 곰을 데리고 달아날 방법은 없어.'

별일 아닌 듯이 쉽게도 말했다.

'시킨 대로만 하면 돼. 나머지는 내가 다 알아서 할게. 안 되겠다 싶으면 달아나. 개구멍이 있는데 무슨 걱정이야.'

"알아서 하긴, 개뿔."

곰딸은 곰 냄새가 밴 거적을 추스르며 진저리 쳤다. 뭘 할지는 몰라도 냄새 때문에 숨 막혀 죽기 전에 세말 해 주었으면 좋겠다.

지붕 위에서 갉작거리는 소리가 났다. 널빤지 틈으로 구름꼬리가 주둥이를 들이밀었다. 녀석은 곰이 버티고 있는 한 오두막 안으로 들어오지 않을 것이다. 곰딸은 짧게 끊어 휘파람 소리를 냈다. 멀리 가지 말고 기다리라는 뜻이었다.

한동안 머리를 박던 곰이 다시 앞발을 뻗어 왔다. 휘두르는 몸짓에는 힘이 들어가 있지 않았다. 곰딸은 그 모습을 가만히 지켜보다 곰이 앞발을 뻗을 때 뼈 부적을 내밀어 보았다. 두 살이면 아직 어렸다. 어린 곰은 막대로 하는 장난을 아주 좋아했다.

곰을 가져 본 적은 없지만 곰을 데리고 논 적은 많았다. 곰딸이 부적을 흔들자 곰이 발끝으로 부적을 쳤다. 부적을 옆으로 움직이면 따라와 다시 쳤다. 몇 번 어울려 주니 흥흥 콧소리를 내는 게 기분이 썩 좋은 모양이었다.

사람 손을 많이 탄 곰이었다. 하긴 어린 숲사람을 키울 때는 온 마을이 정성을 다하는 법이다. 곰딸의 마을에서는 한 계절이 지날 동안은 사람 사는 집에서 재우고 사람 젖을 먹이기도 했다.

그나저나 이렇게 얼마나 기다려야 하는 걸까? 정말 곰을 데려갈 수 있을까? 갖은 생각이 다 들었지만 곰딸은 마음을 추슬렀다.

"사람을 잘 따르니 먹을 걸 주면 따라올 거야. 목줄도 있고, 저만큼 컸으니까 안고 달릴 필요도 없지. 게다가 매발톱은 말도 통한다잖아? 매발톱한테 우리 마을까지 곰을 데려다 달라고 할까? 다들 깜짝 놀라겠지? 이만큼 큰 곰을 지참금으로 해 가는 애는 아무도 없을걸?"

끝까지 데리고 가지 못한다 해도 곰 가죽은 챙길 수 있을 것이다. 그러나 그러기에는 아까운 곰이었다. 두 살치고 몸집도 큰 데다 눈자위가 깨끗하고 털도 촘촘하고 매끄러웠다. 게다가 수곰이었다. 이다음에 사람으로 태어난다면 씩씩하고 잘생긴 사내가 될 것이다. 곰딸은 주저앉아 가랑이 사이를 핥고 있는 곰을 보았다. 구름꼬리는 암컷이었다. 하다못해 짐승까지 암컷이라니, 어머니 잔소리가 귀에 쟁쟁했다.

'외할아버지 돌아가시면 집안에 사내가 하나도 없는데 얼른 짝을 찾아야지.'

지긋지긋하지만 절박한 이야기였다. 늙어도 사내는 사내니까, 그나마 외할아버지 그늘이 있어 아무도 건드리지 않는 거라고 동네 아낙들은 입을 모았다. 맞는 말이었다. 동네 사내들은 호시탐탐 곰딸 모녀를 넘보았다. 대놓고 집적대지는 않았지만 남들 안 보는 데서 추잡스레 구는 일은 종종 있었다.

폭풍우한테 눈길을 주기 시작한 건 그래서였다. 그러다 언제부터인가 모든 게 다 좋아졌다. 사냥 나간 그가 손을 흔들 때부터였나, 날뛰는 곰을 쓰러트렸을 때부터였나, 곰딸은 사랑에 빠졌고 쭉 슬펐다. 마을 어떤 여자애도 곰딸만큼 날래게 나무를 타고 거침없이 활을 쏘지 못했다. 그러나 폭풍우는 곰딸이 무엇을 할 수 있는지, 어떤 사람인지에 관심이 없었다.

쿵쿵, 곰이 다시 벽에 머리를 박았다.

"그러다 무너질라."

곰을 오래 가둬 두면 으레 같은 짓을 되풀이했다. 그러다 문득 곰이 움직임을 멈추었다. 곰은 얼른 창 아래로 달려가 무언가를 기다리듯 위를 올려다보았다. 곧 발소리가 들리더니 창문으로 손잡이가 달린 나무통 하나가 줄에 달려 내려왔다.

곰딸은 바랑에서 줄을 꺼냈다. 줄 끝에는 손바닥 길이만 한 나무토막이 묶여 있었다. 곰은 나무통이 바닥에 닿기도 전에 얼싸안고 주둥이를 박았다. 바깥의 발소리가 멀어지자마자 곰딸은 나무통을 향해 줄을 던졌다. 나무토막은 통의 손잡이 둘레를 두어 바퀴 돌고 걸렸다.

힘껏 줄을 당기자 곰은 어리둥절한 표정으로 통을 놓쳤고 속에 든 술은 모조리 쏟아졌다. 곰딸은 빈 통을 끌어당겨 챙겨 온 물을 들이붓고는 곰 발치로 밀었다. 발에 묻은 술을 핥던 곰이 다시 통 속에 고개를 들이밀었다.

'아주 먹보니까 주는 대로 먹을 거야. 물을 충분히 마시고 나면 먹을 걸 줘.'

보따리를 푸는데 등에 콧김이 닿았다. 곰딸은 주둥이를 비벼대는 곰을 무심코 쓰다듬다 놀라 손을 뗐다. 곰은 어려도 곰, 끼고 살아도 곰이었다. 저 앞발에 한 번만 제대로 맞아도 머리가 날아간다.

곰딸은 어떻게든 녀석을 밀어 내려 했지만 곰은 순순히 물러나지 않았다. 숫제 품에 머리를 들이밀고 어리광을 피웠다. 하는 짓이 사람이랑 너무 닮았다. 그런 주제에 아무렇지도 않게 사람을 죽인다. 어쩌다가 곰은 사람으로, 사람은 곰으로 태어나게 된 걸까? 다른 짐승으로 태어나는 게 낫지 않았을까? 기왕이면 늑대처럼 서로 두려워하며 피하는 짐승으로.

구름꼬리한테 하듯 귀 뒤를 간질이자 곰은 눈을 반쯤 감고 킁킁댔다. 그 틈을 타 곰딸은 무릎으로 곰 옆구리를 밀며 얼른 물러났다. 곰이 닿을 수 없는 거리에서 보따리를 열었다. 곰은 곰딸을 한 번 보고 보따리를 한 번 보고 했다. 보따리 안에는 날연어와 잔치 음식이 들어 있었다. 원래 자기 몫인 줄도 모르고 곰은 온갖 애처로운 시늉을 했다. 응석 부리듯 끙끙거리더니 일어나 앞발을 흔들며 조르기까지 했다.

곰딸은 구운 감자 몇 알과 순록 고기 두어 조각을 덜고 보따리 안의 음식을 곰에게 하나씩 던져 주었다. 곰은 주면 주는 대로 넙죽넙죽 입으로 받아먹고는 다시 곰딸을 보았다. 곰딸은 빈 보따리를 흔들어 보였다.

"자, 없지? 네가 먹은 게 전부야. 네가 다 먹었어. 그러니 말해 주렴. 곰한테는 뾰족숲의 신령이 깃들었으니 넌 알겠지. 난 좋은 짝을 만나 오래오래 같이 살면서 건강한 아이를 많이 낳을 거야, 그렇지?"

불안함을 누그러트리려 침을 삼켰다. 곰은 대꾸라도 하듯 고개를 주억였다. 눈길은 곰딸이 든 감자에 박혀 있었고 입에서는 침이 뚝뚝 흘러내렸지만. 곰딸은 기꺼운 마음에 감자 한 알을 던져 주고 남은 감자를 먹었다.

창으로 들어오는 빛이 짧아졌다. 낮이 되어 가는 모양이었다. 매발톱은 해가 하늘 꼭지에 걸리면 마을 사람들이 곰을 데리고 나갈 거라고 했다. 눈에 띄지 않으려면 그 전에 오두막에서 나가야 했다.

곰딸은 곰 냄새가 밴 거적을 벗고는 오두막 뒷벽에서 널빤지를 뽑아내고 밖으로 나갔다. 들어올 때와 같은 방법이었다. 기다리고 있던 구름꼬리에게 챙겨 놓은 고기 조각을 주었다. 구름꼬리가 허겁지겁 배를 채우는 동안 뽑아낸 널빤지를 벽에 다시 끼웠다. 끙끙거리는 소리가 뚫린 틈으로 새어 나오다 널빤지가 맞물리는 순간 희미해졌다.

오두막 앞에는 벌써 구경꾼들이 자리를 잡고 있었다. 한가운데에는 우두머리가 화려하게 수놓은 외투를 입고 있었고, 오른쪽에는 큰 북이 놓여 있었다. 매발톱은 보이지 않았다.

초조하게 두리번거리다 오두막 왼쪽 공터에 몰려 있는 사내들을 발견했다. 소기름을 발라 얼굴을 가리고 있었는데 하나같이 눈에 익은 붉은 토시를 하고 있었다. 곰딸은 왼 손가락이 둘밖에 없는 사내를 쉽게 찾아냈다. 건너 옆자리에는 어제 본 화살코 일당도 있었다.

"이제 곧 곰 다루기를 시작할 거야."

옆에 선 여자애가 묻지도 않았는데 말했다. 곰 다루기는 어른치레에서 가장 중요한 순서였다. 곰딸은 어젯밤 매발톱을 깔아뭉개던 우두머리의 말을 떠올렸다. 거뜬히 해내어 그 대단한 콧대를 납작하게 해 주면 좋을 텐데. 그러나 순록 경주가 그렇듯 사내들 어른치레에는 힘이 큰 몫을 했다.

곰딸은 손을 비볐다. 자꾸 땀이 찼다. 매발톱의 주먹 쥔 왼손을 보며 뾰족숲 신령께 그가 다치지 않게 해 달라고 빌고 또 빌었다.

해가 하늘 꼭지에 걸리자 수탉처럼 색색 깃털을 꽂은 무당이 나와 북을 쳤다. 텁석부리 사내 둘이 박자에 발을 맞추어 걸어가 오두막을 열었다. 문이 활짝 열리고 쇠사슬을 목에 단 곰이 밖으로 나왔다. 모여든 사람들 때문에 흥분한 모양인지 걸음이 급했다. 곰이 오두막에서 서너 발을 떼었을 때쯤 무당의 손이 빠르게 움직이기 시작했다.

둥둥둥둥! 급하게 울리는 북소리에 맞추어 기다리고 있던 어린 사내들이 우르르 곰 뒤에서 달려들었다. 몇은 다리에 매달리고 몇은 목 위로 뛰어올라 곰을 납작하게 짜부라트렸다. 곰은 어리둥절해서 컹컹대다 사지를 버둥거렸다.

"목에 매달렸어!"

누군가 사마귀를 닮은 사내를 가리키며 자신의 연인이라고 거듭 소리쳤다.

'매발톱도 곰 목에 매달렸는데.'

곰딸은 속으로 중얼거렸다. 그러나 그는 사마귀 사내처럼 곰 목에 팔을 감고 짓누르는 대신 업히듯 등에 달려 썩 멋져 보이지는 않았다. 한참 버둥거리던 곰이 지친 듯 늘어지자 무당이 다시 북을 울렸다. 북소리에 섞여 소곤거리는 소리가 들렸다.

"귀한 핏줄이 어른치레를 한다더구먼."

"그래서 곰 곁에만 가도 술 냄새가 펄펄 나는구먼. 얼마나 술을 먹인 건지."

"그러니 곰이 힘을 못 쓰지. 어른치레 꼬락서니하고는."

"저치들은 고기 생각밖에 없을걸. 곰 고기라면 환장하잖아."

점점 커지는 북소리에 쑥덕이는 소리가 묻혔다. 어른치레를 하는 어린 사내들이 곰을 잡고 있는 동안 다른 사내들은 곰 다리에 술을 달고, 목에는 번쩍이는 쇠 장식을 달았다. 그런 다음 사슬을 당겨 헐떡이는 곰을 일으켜 세웠다. 곰은 앞발을 몇 번 허우적대다 이내 고분고분해졌다. 사마귀 사내가 곰을 무당 앞으로 끌고 갔다.

"우두머리 손자야. 귀한 몸이라고, 곰한테 당할까 봐 얼마나 단속을 하는지."

매발톱이 어느새 곁에 와 있었다. 정말이지 눈표범처럼 소리 없이 움직이는 이였다.

"숲신령한테 귀하고 천한 게 어디 있어. 사람이 곰이고 곰이 사람인데."

곰딸은 통명스레 대꾸하고는 앞을 보았다. 하지만 저도 모르게 입가가 풀어지는 건 어쩔 수 없었다. 어쨌건 매발톱과는 한패였다. 낯선 마을에서 무모한 짓을 벌이던 참에, 익숙한 얼굴이 보이자 한결 마음이 놓였다. 곰딸은 그 옆에 바싹 붙어 섰다.

"주둥이를 씻어라, 백 걸음 걷고 오십 번 돌고. 봉우리를 넘어라, 열 비탈 구르고 스무 골짝 뛰고. 뾰족숲으로 들어가, 죽은 자가 되어라. 뾰족숲으로 들어가, 죽은 자가 되어라."

무당이 곰을 끌고 가며 노래를 불렀다. 구경꾼들이 그 뒤를 따랐다.

곰과 함께 마을을 한 바퀴 돈 무당은 언 강으로 내려가 뚫어 놓은 얼음 구멍을 돌기 시작했다.

"더러운 것을 다 씻고 숲으로 돌아가라, 나쁜 것을 다 씻고 숲으로 돌아가라."

곰딸은 노래를 따라 부르며 매발톱을 올려다보았다.

"내 노래도 제법이지?"

매발톱이 얼굴을 일그러트렸다. 그렇게 엉망이었나? 머쓱해서 눈을 내리까는데 매발톱이 곰딸의 손을 잡았다.

"미안, 아무래도 안 되겠어."

손이 불 오른 숯덩이처럼 뜨거웠다.

5. 매발톱

기름칠 때문에 낯빛이 뜬 줄 알았는데 그게 아니었다. 눈에는 핏줄이 서 있고 입술도 하얗게 일어났다. 언제부터 열이 난 걸까? 곰딸은 매발톱의 목덜미에 손을 대었다. 곰딸의 얼굴이 일그러졌다. 살갗이 아니라 구운 흙사발을 만지는 것 같았다. 열이 오를 대로 올라 물기가 다 날아간 모양이었다. 보통 열이 아니었다.

"너, 괜찮아?"

"얼음 구멍을 세 번 돌고 나면 쏘는 곳으로 갈 거야."

매발톱이 곰딸의 어깨에 머리를 기댔다. 몸을 가누지 못하는 줄 알고 다리에 힘을 주는데 귓가에 뜨거운 숨이 닿았다.

"나 대신 활을 쏴. 한 발이면 돼. 밤송이 귀를 맞혀."

밤송이. 다 큰 수곰한테 어울리지 않게 귀여운 이름이었지만 사방으로 털이 뻗친 정수리가 닮긴 했다.

곰딸은 속이 울렁거렸다. 들키기라도 하면 목숨을 내놓아야 할지도 몰랐다. 다 알아서 한다고 해 놓고 이런 꼴이라니. 그러나 열은 심하면 목숨을 앗아 가기도 했다. 그렇지만 않았어도 목을 잡고 잘잘 흔들었을 것이다.

"기름이야, 얼굴에 발라."

매발톱이 손가락 두 마디쯤 되는 쌈지를 쥐여 주었다. 그러고는 곰딸의 바랑에 무언가를 밀어 넣었다.

"이 토시를 차면 잠깐 눈속임은 할 수 있을 거야."

"쏘고 나선?"

"사슬을 헐겁게 해 놨으니까 밤송이가 풀려날 거야. 나머지는 이따가."

매발톱이 턱짓을 했다. 아낙들 몇이 손사래를 치며 이쪽을 힐긋거렸다. 얄궂은 상상을 하는 듯해 어이가 없으면서도 뺨에서 열이 났다.

곰은 얼음 구멍을 다 돌고 쏘는 곳으로 향했다. 사람들은 곰 행렬을 따라갔지만 곰딸은 따로 빠져나가 얼굴에 기름을 칠하고 붉은 토시를 찼다. 어두울 때 본 곳이라 활 쏘는 곳을 찾지 못할까 걱정했지만 나무 두드리는 소리가 요란하게 길을 알려 주었다.

쏘는 곳 앞에는 나무로 된 기다란 가로대가 놓여 있었다. 물새 인형과 색색의 술, 천 조각으로 치장한 가로대에는 양 끝에 곰 머리와 곰 꼬리를 새겨 놓았다. 가로대를 두드리는 이는 젊은 여자들이었다. 어젯밤 우두머리 집에서 본 얼굴도 여럿이었는데 다들 소매와 앞섶에 화려하게 수놓은 외투를 입고 있었다.

활 쏘는 곳은 그에 비해 삭막했다. 푸른 소나무와 흰 가지로 꾸며 놓았지만, 어젯밤 감돌던 신비한 분위기는 오간 데 없었다. 껍질이 너덜거리는 굵은 나무 기둥과 기둥 사이에 걸린 녹슨 쇠사슬은 버려진 덫처럼 음산한 기운마저 감돌았다.

곰딸은 토시를 찬 무리에 슬쩍 따라붙었다. 한창 들떠서 끼리끼리 쑥덕이던 터라 신경 쓰는 이는 없었다. 맨 앞에는 우두머리의 손자가, 그 바로 뒤를 화살코 일당이 따라갔다. 매발톱은 무리 한가운데 혼자 있었다. 열이 절절 끓을 텐데 비틀거리지도 뒤처지지도 않았다. 긴장한 표정으로 꼿꼿이 걸어가고 있었다.

곰딸은 끄드머리에서 따라가며 밤송이가 사슬에 매달리는 모습을 지켜보았다. 목줄이 답답할 법도 한데 끌면 끄는 대로 고분고분 따라가 곧 죽을 줄도 모르고 사슬을 흔들며 장난을 쳤다. 그래도 아는 사이라고 그 모습이 애처로웠지만 부질없는 동정이었다. 어차피 죽을 목숨이었다. 곰딸이 데리고 나간다 해도 숨을 부지하는 건 잠시다. 지참금으로 넘기고 나면 그 뒤 일어날 일은 오늘과 크게 다르지 않을 터였다.

오두막 앞에서와 마찬가지로 우두머리가 가운데 자리를 잡고,

오른편에 늙은 무당이 북을 들고 섰다. 나무 가로대를 두드리는 소리가 점점 커졌다. 그때 갑자기 화살코가 우두머리 쪽으로 한 발 나서더니 크게 외쳤다.

"이대로 제사를 치르면 일이 날 겁니다!"

우두머리가 수염을 씰룩이며 물었다.

"무슨 소리냐?"

"귀신 들린 놈이 부정 탈 짓을 저질렀습니다."

하나가 입을 열자 나머지 일당도 와르르 말을 쏟았다.

"어젯밤 딴 마을에서 데려온 계집애와 희희낙락하는 꼴을 봤습니다. 어른치레를 하기 전에는 몸을 깨끗이 해야 하는데, 이를 어겼지요."

"뾰족숲 신령의 노염을 사 키우던 새끼 곰이 다 병들지 않았습니까? 곰이라곤 한 마리 남았는데, 부정 탄 자가 제사에 끼면 어찌 되겠습니까?"

"그런 일 없습니다."

매발톱이 바로 부인했지만, 아낙 몇이 나서서 화살코를 거들었다.

"곰 다루기 하고 나서도 둘이 딱 붙어 있던데."

힐긋거리며 수군대던 아낙들이었다.

"본 사람이 하나둘이 아니잖우."

매발톱은 말을 꺼낼 틈도 없었다. 우두머리가 턱짓을 했다.

"끌어내고 제사에는 얼씬도 못 하게 해라."

사람들에게 끌려 나가며 매발톱은 곰딸과 밤송이를 번갈아 보았다. 입 모양으로 무어라 되뇌는데 곰딸은 도무지 알아들을 수가 없었다. 답답하고 억울했다. 자신이 당하기라도 한 듯 속이 끓었다. 다친 순록을 끌고서라도 끝까지 어른치레를 치르려 한 매발톱인데, 이렇게 말 몇 마디로 간단히 밀어내다니, 곰딸은 화가 머리끝까지 차올랐다.

활 쏠 차례가 되자 곰딸은 망설임 없이 나섰다. 그런데 곰딸을 본 밤송이가 갑자기 이제껏 하지 않던 짓을 했다. 두 손을 앞으로 내밀고 조르듯이 엉덩이를 흔들기 시작한 것이다.

알은척을 하다니, 얼마나 봤다고. 곰딸은 식은땀이 났다. 눈길을 끌어서 좋을 게 없었다. 사람들이 낌새를 알아채기 전에 재빨리 해치워야 했다. 곰딸은 단숨에 화살을 재었다 놓았다. 아프겠지. 아플 거다.

화살은 정확히 밤송이를 향해 날아갔다. 화살의 방향을 본 사람들이 불만스레 혀를 찼다. 원래는 상처 입히지 않게 곰 뒤에 놓인 널판을 향해 쏘아야 했다. 곰을 상처 입히면 흥분한 곰이 날뛸 수도 있기 때문이다. 그래도 크게 뭐라 하는 이는 없었다. 독한 술을 잔뜩 먹여 두었다고 생각하고 마음 놓고 있을 것이다.

곰의 오른쪽 귀에 화살이 꽂혔다. 사람들 예상과 달리 곰은 버둥대기 시작했다. 게다가 난데없이 가문비나무에서 담비 한 마리가 튀어나와 곰의 콧잔등 위로 뛰어내렸다. 담비가 얼굴을 할퀴자 곰이 사납게 몸부림쳤다. 목줄이 끊어진 건 순식간이었다.

고함을 치는 우두머리, 곰을 잡기 위해 달려드는 사람, 그 사이에서 우왕좌왕하는 무당, 풀려난 곰을 피해 달아나는 사람. 제사는 엉망이 되었다. 곰은 온 힘을 다해 날뛰다 달아났고 마을 사람들은 그 뒤를 쫓았다. 아수라장이 된 틈을 타 곰딸도 구름꼬리와 함께 마을을 빠져나갔다.

붉은 토시는 바랑에 넣고 얼굴에 묻은 기름은 젖은 낙엽으로 닦았다. 모르긴 몰라도 기름을 발랐을 때보다 더 흉한 꼴이겠지만 씻어 낼 틈이 없었다. 곰딸은 헐떡이며 숲속을 두리번거렸다. 매발톱을 찾아야 했다. 그리고 밤송이도.

"이제 어디로 가지?"

제 등을 핥던 구름꼬리가 곰딸을 올려다보았다. 주둥이가 붉었다. 곰딸은 버둥거리는 구름꼬리를 누르고 허리를 살폈다. 피가 배어 나오고 있었다. 밤송이한테 당한 모양이었다. 상처는 크지 않았지만 제대로 맞았더라면 허리가 터졌을 거다. 녀석의 어미가 떠올라 몸이 떨렸다.

"겁도 많으면서 어쩌자고 그런 짓을 했어!"

목소리가 높아지자 구름꼬리가 고개를 갸웃했다.

곰딸도 알고 있었다. 구름꼬리를 탓할 일이 아니다. 곰딸이 활을 드는 건 사냥 시작 신호였다. 그건 구름꼬리가 새끼 때부터 정해진 규칙이었고 구름꼬리는 거기에 따랐을 뿐이다. 곰딸은 눈가를 비볐다. 털에 번진 붉은 피는 보고만 있어도 마음이 쓰렸다.

그때 귀에 익은 목소리가 들렸다.

"구름꼬리, 다쳤어?"

다리에 힘이 풀렸다. 그렇게 반가울 수 없었지만 생각보다 멀쩡한 모습에 마음이 꼬였다. 혼자서 얼마나 속을 끓였는데. 곰딸은 매발톱을 쳐다보지도 않고 퉁명스레 말했다.

"이번에도 쥐한테 물어봤어?"

"멧닭한테도 물어봤지."

"밤농이는?"

매발톱은 대꾸 없이 쭈그리고 앉아 품에서 종이 꾸러미를 꺼냈다. 곰딸의 발에 발랐던 으깬 약 덩이였다. 곰딸은 약을 받아 구름꼬리 등에 두껍게 발랐다.

"곧 피가 멎을 거야."

구름꼬리가 몸을 세차게 털더니 등을 핥으려 했다.

"안 돼, 핥지 마."

매발톱의 말에 구름꼬리가 멈칫했다. 그러나 곰딸을 한 번 보고는 다시 등에 주둥이를 갖다 댔다. 매발톱이 곰딸에게 말했다.

“너도 말해. 핥지 말라고.”

“핥지 마.”

시키는 대로 하자 구름꼬리가 곰딸을 올려다보며 고개를 갸웃했다.

“들었지? 핥지 마.”

매발톱이 쐐기를 박자 구름꼬리가 행동을 멈추었다. 그러고는 몹시 불만스러운 몸짓으로 달아나듯 풀숲으로 뛰어들었다. 몇 번을 봐도 신기한 모습이었다. 곰딸이 쳐다보자 매발톱이 희미하게 웃으며 손을 내밀었다.

“좀 잡아 줄래?”

마을에서 잡았을 때는 절절 끓던 손이 이제는 싸늘했다. 찬찬히 뜯어보니 멀쩡한 게 아니었다. 얼굴은 땀으로 번들거렸고 안색은 헤어지기 전보다 더 나빴다. 곰딸은 마디가 불거진 손을 꽉 잡고 힘껏 끌어당겼다. 그러나 매발톱은 제대로 서지 못하고 비틀거렸다. 사시랑이라도 사내는 사내라 곰딸은 무게를 감당하지 못하고 휘청거리다 결국 그를 얼싸안은 채 땅에 엎어졌다.

“괜찮아?”

놀라 몸을 일으키려는데 매발톱이 곰딸의 어깨를 잡았다.

“왜? 많이 아파?”

곰딸이 재차 묻자 입술을 달싹이던 매발톱이 겨우 소리를 냈다.

"미안."

뜬금없는 사과였다. 그러나 듣자마자 불길한 예감이 들었다.

"숲으로 돌려보냈어."

한 번에 알아듣지 못했다.

무엇을? 밤송이 이야기란 걸 깨달은 순간 속이 뒤집어졌다. 곰딸은 주먹으로 매발톱을 때렸다. 팔, 가슴, 어깨, 손 닿는 곳에 마구 주먹질을 했다.

"이 거짓말쟁이!"

마을을 떠날 때도 이렇게까지 끔찍한 기분은 아니었다. 해코지할 사람 같진 않다고? 활을 쏘다 들켰다면 어떻게 되었을까? 매발톱이 다칠까 봐 속을 끓이고, 밤송이를 쏘며 마음 아파한 게 우스웠다. 몸부림치는 곰딸을 매발톱은 손마디가 하얘지도록 붙잡았다.

"거짓말 아니야, 마을에서 내가 도울 수 있는 일이 있다면 돕는다고 했잖아. 마을에서는……."

되지도 않은 변명이라는 걸 아는지 말꼬리가 늘어졌다. 곰딸은 코웃음을 쳤다.

"말장난하지 마. 넌 날 속이고 이용했어."

매발톱이 눈물을 뚝뚝 흘렸다.

"밤송이를 죽일 수가 없었어."

"누가 죽이래?"

"훔쳐 가서, 죽일 거잖아. 결국, 그럴 거잖아."

"네 손으로 죽이는 것도 아닌데, 무슨 상관이야. 그렇다고 안 먹을 것도 아니잖아. 죽이지 못하겠으면, 죽이지 마. 그냥 먹기만 해."

"정 주고 기른 걸 어떻게 먹어?"

"정 주고 기른 걸 먹지 않으면? 그럼 옥수수, 감자는 어떻게 먹어?"

"옥수수, 감자는 날 못 알아보잖아. 피붙이 하나 없는 나한텐 밤송이는 형제나 다름없어. 젖도 안 떨어졌을 때부터 응석 받아주고 먹이고 씻겼어. 매일 붙어 지냈다고."

처음 만났을 때도 그렇고 무슨 소리를 하는지 알 수 없었다. 곰딸도 구름꼬리 어미를 동생처럼 아꼈다. 그래서 죽은 녀석의 고기도 더 살뜰하게 먹었다. 살아 있는 건 모두 먹고 먹힌다. 죽이지도, 먹지도 않고 무슨 수로 살아? 정말 이상한 사람이었다. 그 같은 사람은 한 번도 본 적 없었다.

"새끼 곰들도 네가 빼돌렸어?"

"다들 너무나 돌아가고 싶어 했어. 숲으로."

어린것들은 토하고 설사하는 풀을 먹여 돌림병이 든 것처럼 만들어 숲으로 보냈고, 밤송이는 너무 커서 그게 통하지 않아 궁리하던 참에 곰딸을 만났다고 했다.

"은혜를 원수로 갚다니."

"밤송이 목숨을 구하고 싶었어. 네가 구한 거야. 네가 은혜를 베풀고 또 베푼 거야."

"퍽이나! 덕분에 난, 나는."

곰딸 눈에도 눈물이 그렁그렁 맺혔다.

"폭풍우 짝이 되려면 곰이 있어야 해."

"미안, 내가 할 수 있는 거라면 뭐든 할게. 근데 난 밤송이가 죽는 꼴은 못 봐. 그것 말곤 다 할게. 어차피 마을에서도 쫓겨날 거야. 그러니까, 뭐든……."

매발톱은 이야기하다 말고 곰딸을 끌어당겼다. 놀란 곰딸이 버둥거리자 거세게 껴안으며 다급하게 말했다.

"누가 온다."

발소리가 들렸다. 웅성거리는 소리에 섞여 고함도 들렸다. 마을 사람들이 밤송이를 찾아 온 숲을 헤집고 있었다. 신경을 곤두세우고 귀를 기울이는데 갑자기 지척에서 부스럭거리는 소리가 났다. 몸을 숨길 시간도 장소도 없었다. 긴장으로 온몸이 굳었다.

그때였다. 킁킁거리는 소리가 나더니 덤불 뒤에서 털이 삐죽삐죽 솟은 정수리가 불쑥 튀어나왔다. 뒤이어 아이 주먹만 한 귀가 솟았다. 오른쪽 귀에는 핏자국이 뚜렷했다.

매발톱이 울상을 지었다.

6. 가죽과 고기

아무리 밀어 내도 밤송이는 꿋꿋하게 다가왔다. 땅은 곰의 귀였다. 숲에서 곰이 듣지 못하는 소리는 없었다. 밤송이가 끝내 쫓아오려 한다면 결코 떨쳐 낼 수 없을 것이다.

실랑이하는 사이에 웅성거리는 소리는 가까워졌다. 다급해진 매발톱이 체념한 듯 걸음을 옮기자 밤송이가 줄레줄레 따라왔다. 구름꼬리도 나무 위에서 쫓아왔다.

"어니 가?"

"봐 둔 곳이 있어."

매발톱은 느리지만 망설임 없이 나아갔다. 곰딸은 더 묻지 않고 그의 팔 밑에 어깨를 밀어 넣었다. 당분간 매발톱의 비위를 맞출 참이었다. 밤송이를 찾았으니 아직 기회가 있었다. 마을 사람들을 피해 몸을 숨긴 다음 매발톱을 달래어 수를 내야 했다.

숲길에서 벗어나 뾰족숲 안쪽으로 들어갔다. 쫓아오는 소리는 멀어졌다가도 다시 가까워졌다. 빨리 움직이지 못해 쉽게 따돌릴 수는 없었지만 일 년 내내 빽빽한 푸른 잎 덕에 어찌어찌 그들을 피할 수 있었다.

“거의 다 왔어.”

매발톱이 관자놀이를 눌렀다.

“저 전나무 뒤에 곰 굴이 있어. 밤송이를 잡은 곳이야.”

고만고만한 나무 사이 저만치 밑동이 갈라져 반은 살고 반은 죽은 커다란 전나무가 보였다. 밤송이가 전나무를 향해 달리기 시작했다. 어릴 적 산 곳을 여태 잊지 못한 걸까?

그러나 밤송이를 불러들인 건 기억이 아니라 먹을거리였다. 두 사람이 도착해 보니, 전나무 앞에서 때아닌 잔치가 벌어졌다. 바닥에는 벌집이 떨어져 있고 그 옆에 밤송이가 조각난 벌집을 들고 앉아 꿀을 핥고 있었다. 구름꼬리도 한 자리를 차지했다. 벌 몇 마리가 주위를 날아다녔지만 둘은 아랑곳하지 않았다. 서로 물고 할퀸 상처에 피도 마르지 않았는데 나란히 앉아 있었다.

바닥에는 벌들이 우수수 떨어져 있었다. 죽은 벌이 반, 움찍거리기는 하지만 날지 못하는 벌이 반이었다. 바닥에 떨어진 벌집에는 곰 발톱 자국이 선명했다. 집이 부서지자 찬 바람을 맞은 벌들이 대책 없이 죽어 갔다. 벌들한테는 봉변이었다. 숲의 곰이라면 겨울잠을 자고 있을 때였다. 그러나 찬 바람을 피하며 배부르게 지낸 집 곰은 겨울에도 멀쩡히 돌아다녔다. 하필 집 곰을 만나다니 지지리 운도 없었다.

매발톱이 벌집 한 조각을 주워 곰딸에게 내밀었다. 마음 같아서는 팽개치고 싶었지만 먹을 것엔 잘못이 없었다. 곰딸은 벌집을 받아 들었다. 달콤한 꿀이 목구멍을 타 넘었다. 문득 머리 위에서 볕이 내려왔다. 낮게 내리깔린 구름이 잠시 물러나고 기우는 해가 빽빽한 나무를 뚫고 바닥까지 빛을 드리웠다. 볕은 다사로웠다. 나뭇잎 사이로 스미는 빛이, 데워진 공기가 부산한 몸짓 사이에 고였다.

밤송이가 흥흥 몸을 흔들자 앞발에 들린 벌집에서 꿀이 떨어졌다. 매발톱이 날쌔게 손바닥으로 받아 내고는 세상에 다시없는 보물이라도 얻은 듯 활짝 웃었다. 나뭇가지에 쌓인 눈이 후르르 날렸다. 갈색 눈이 접히고 뺨이 오므라들었다. 입이 크게 벌어져 옥수수같이 가지런한 이가 보였다. 이상하게도 눈을 뗄 수가 없었다. 곰딸이 숨 쉬는 것조차 잊고 그를, 매발톱을 보고 있는데 코밑으로 불쑥 손바닥이 나타났다.

"먹을래?"

꿀이 가득 든 벌집을 양손에 든 채 곰딸은 무언가에 홀리기라도 한 듯 매발톱 손에 고인 꿀을 핥았다. 혀가 달콤한 금빛 액체를 지나 굳은살 박인 손바닥을 쓸었다. 귀가 화끈거렸다. 그러나 곧 밤송이가 곰딸을 밀어 내고 매발톱의 손바닥을 차지했다. 둘은 얼굴이 빨개지도록 한참 웃었다.

저마다 열심히 먹어 치운 탓에 꿀은 금방 동이 났다. 밤송이는 곰딸의 뺨까지 핥아, 묻은 꿀 한 방울도 남김없이 싹싹 먹어 치웠다. 그동안 제 몫을 다 먹어 치운 구름꼬리는 나뭇가지를 타고 새로운 먹을거리를 향해 다가갔다.

저 위에 벌집이 하나 더 붙어 있었다. 남은 벌집을 빼앗길까 봐 애가 탄 밤송이가 두 발로 서서 나무를 향해 걸어갔다. 나무 타기라면 곰도 지지 않았다. 그런데 그렇게 몇 발이나 디뎠을까, 갑자기 밤송이 몸이 붕 떠올랐다. 털북숭이 몸뚱이가 목매단 사람처럼 나무에 달려 허우적댔다.

"올무, 밤송이를, 어서!"

매발톱은 자기 목이 졸리기라도 한 듯 숨을 제대로 쉬지 못했다. 엎어질 듯 휘청거리며 나서는 그를 막고 곰딸이 나무를 탔다.

매발톱 말대로 올무였다. 곰이나 순록 같은 큰 짐승을 잡을 양으로 아무리 발버둥 쳐도 끊어지지 않도록 굵은 쇠줄을 썼다. 그걸 끊을 도리는 없으니 나무를 베어야 했다. 그러나 올무를 걸어 놓은 곳은 사람 허벅지만 한 굵은 가지였다. 맨손으로는 어림없었다.

곰딸은 갖고 있던 유일한 날붙이를 꺼냈다. 숲사람 뼈 부적에 달아 놓은 조개 까는 칼이었다. 칼집을 잡아 빼야 칼이 나오는

데 자꾸만 헛손질을 했다. 곰딸은 자기 손을 때렸다. 어서 움직여. 떨지 마. 시간 없어.

겨우 칼을 꺼내 나뭇가지를 내리찍었다. 그게 무슨 신호라도 된 듯 손톱만 한 우박이 후두둑 떨어졌다. 곰딸과 밤송이 사이를 오락가락하던 구름꼬리가 얼음덩이를 피할 곳을 찾아 나무를 내려갔다.

곰딸은 겁먹어도 당황하지 않았다. 그런 줄 알았다. 그러나 구름꼬리 어미가 곰과 마주쳤을 때, 반드시 그래야만 했을 때 그러지 못했다. 겁에 질린 나머지 온몸이 굳어 버렸다.

버둥거리는 다리가 자꾸 시야에 들어왔다. 곰딸의 손이 멎었다. 살릴 수 있을까? 숨을 끊어 주는 게 낫지 않을까? 고통스러워하는 짐승은 보내 주어야 했다. 그게 도리였다.

곰딸은 밤송이를 보았다. 눈이 마주쳤다. 밤송이의 눈에는 눈물이 그렁그렁했다. 보는 순간 알 수 있었다. 올무에 목을 매단 곰은 살고 싶어 했다. 그뿐이었다. 턱이 떨리고 속이 울렁거렸다. 말을 알아듣지 못해 다행이었다. 살려 달라는 소리를, 왜 도와주지 않느냐고 원망하는 소리를 듣지 않아 다행이었다. 구름꼬리 어미도 그랬을지 모른다. 눈감기 전까지 그렇게 말하고 있었는지 모른다.

매발톱이 무어라 외치는 소리가 들렸다. 곰딸은 정신없이 가지를 내리쳤다. 밤송이, 밤송이야, 비단귀야, 기도하듯 짐승의 이름을 불렀다. 비단귀야, 비단귀야, 지금은 아니야, 절대 안 돼.

우박은 진눈깨비가 되고 함박눈이 되었다. 언제부터인지 나뭇가지가 움직이지 않았다. 늘어진 채 곰딸이 내리칠 때만 흔들릴 뿐이었다. 곰딸은 가지가 무게를 이기지 못하고 부러질 때까지 손을 멈추지 않았다. 이건 아니었다. 이래서는 안 되었다. 이렇게 부질없이, 맥없이 숨이 끊어지다니.

마침내 밤송이가 바닥에 떨어졌다. 장난기 넘치던 짐승은 자신이 쏟아 낸 배설물 위에 엎어진 채 꼼짝도 하지 않았다.

매발톱은 올무를 벗겨 내 바닥에 패대기쳤다. 그러고는 올무에 붙은 부적을 거칠게 떼어 냈다. 처음 보는 무늬였다. 매발톱은 부적을 갈기갈기 찢었다.

"원한 품은 곰을 잡는 부적이야. 해코지한 곰이 헤아릴 수도 없으니 겁이 난 거지. 나쁜 놈들! 이 얼어 죽을 놈들아아!"

그러고는 엎어져 밤송이 머리를 껴안고 엉엉 울었다. 곰딸은 무슨 말을 해야 할지, 어떤 행동을 해야 할지 알 수 없었다. 숨 끊어진 뒤에는 무얼 해도 돌이킬 수 없다. 울어도 그대로, 화를 내도 그대로다. 잘 떠나게 보내 주고 돌아올 때를 기다려야 하는데, 그게 쉽지 않았다.

곰딸은 다가가지도 외면하지도 못한 채 펄펄 내리는 눈이 들썩이는 등에 쌓이도록 보고만 있었다.

겨우 일어난 매발톱이 밤송이를 끌기 시작했다. 곰딸은 손을 보태 죽은 곰을 제대로 눕혔다. 매발톱은 동쪽 하늘을 향해 손뼉을 두 번 치고 곰딸을 보았다.

"활 좀 빌려줘."

곰딸이 활을 내어 주자 매발톱은 천천히 살을 재어 동굴 앞 허공을 향해 겨누었다. 뾰족숲 신령에게 보내는 의식이었다.

팔이 떨려 활촉이 오락가락했지만 말리지 않았다. 그의 얼굴에 뒤죽박죽 떠오른 분노와 슬픔, 당혹과 불신은 곰딸도 미처 떨치지 못한 것이었다. 비단귀를 잃고 곰딸의 마음은 내내 그 안에서 쳇바퀴를 돌았다. 그때도 그랬다. 비단귀의 죽음도 눈사태처럼 닥쳤다. 손 놓고 볼 수밖에 없었다. 왜 그런 일이 일어난 건지 이해하지 못했다. 그 애가 곁에 없다는 게 지금도 믿어지지 않았다. 그렇게 보낸 것이, 또 이렇게 보내는 것이 화가 나 견딜 수 없었다. 슬펐다.

해가 지고 있었다. 매발톱이 매발톱의 일을 하는 동안 곰딸은 곰딸의 일을 했다. 잠자리를 만들기 위해 동굴 안을 살피고 불을 피웠다. 누린내가 독하지 않은 걸 보니 임자 없는 굴이었다. 일을 끝내고 밖으로 나가자 매발톱이 한 손에 칼을 든 채 밤송이 위에 쓰러져 있었다.

매발톱의 손에서 칼을 빼내고는 그를 일으켜 세웠다. 매발톱은 퀭한 눈으로 곰딸을 보더니 휘청거리는 다리에 힘을 주었다. 곰딸은 매발톱을 동굴 안으로 데려가 불가에 눕혔다.

"밤송이를 보내 줘야 해."

"그래."

"밤송이는 내 형제야."

"알아."

곰딸이 이마를 쓸어 주자 매발톱이 그 손을 잡았다.

"이제 네 곰이야."

곰딸은 굳었다. 자기가 무슨 소릴 한 건지 알고는 있을까? 곰딸은 매발톱의 눈을 보았다. 눈동자가 떨리고 있었다. 불안한 거다. 밤송이를 아무렇게나 해체해 버릴까 봐, 영혼이라고는 없는 가죽에 싸인 살덩이 취급할까 봐.

매발톱이 곰딸 손에 매달리며 다시 한번 말했다.

"제발, 잘 보내 줘. 약속대로, 네 곰이니까, 그러니까……."

그의 목소리가 아주 먼 곳에서 들리는 것 같았다.

정신을 차리고 보니 밖이었다. 곰딸은 숨 쉬는 것도 잊고 있었다는 걸 깨달았다. 헉, 헉, 몰아쉬는 숨소리에 구름꼬리가 밤송이 발바닥을 핥다 움찔하며 물러났다. 녀석은 애처로운 표정으로 곰딸을 보았다. 꿀은 한순간 힘을 돋우긴 해도 배를 채워 주지는 못한다. 곰 고기를 한입 가득 물어뜯어 삼키고 싶겠지.

구름꼬리에게 주의를 주고 죽은 짐승의 머리맡에 쪼그리고 앉았다. 곰딸은 밤송이의 정수리를 천천히 쓰다듬었다. 기분이 이상했다. 두터운 슬픔 아래 기이한 열기가 꿈틀댔다. 곰 한 마리가 온전히 자기 앞에 누워 있다니.

"걱정 마."

곰딸은 자신이 그토록 바라 마지않던 일이 이루어졌다는 사실을 깨달았다.

"잘 보내 줄게."

폭풍우의 짝이 되어도, 아니 누구의 짝이 되어도 불가능한 일이었다.

그가 잡은 곰은 그의 것이지 곰딸의 것이 아니다.

"내 곰……."

곰딸은 요동치는 감정에 온 마음을 내맡긴 채 밤송이에게 입맞춤을 했다.

"내가 왔어. 네게 입맞춤을 했어. 마파, 마파! 나에게 화내지 마. 숲에서 보거든 날 아프게 하지 마. 다치게 하지 마."

곰딸은 의식을 이어 갔다. 칼로 곰의 고환을 자르고 사타구니에서부터 배를 갈랐다. 곰에 칼을 대는 건 처음이라 손끝이 마음처럼 움직이지 않았다. 곰딸은 자신을 다독였다. 할 수 있어.

순록을 해체할 때처럼 하면 돼. 크다뿐이지 같은 네발이야. 다를 게 없어.

피와 함께 더운 김이 솟구쳤다. 우박을 쓸어다 미끈거리는 피를 닦으며 내장을 꺼내고 심장과 간을 골라냈다. 자극적인 향연에 구름꼬리가 안달복달했다. 곰딸은 내장을 잘라 숲 한가운데로 힘껏 던졌다. 구름꼬리가 고기 조각을 쫓아가는 동안 곰딸은 죽은 짐승을 끌고 동굴 안으로 들어갔다. 칼질하기에 밖은 이미 너무 어두웠다.

곰딸은 고이 잘라 낸 간과 심장, 고환을 조금씩 떼어 매발톱 입 속에 넣어 주었다. 코를 막자 가물가물하던 매발톱이 반사적으로 입에 든 것을 삼켰다. 곰딸은 남은 살점을 잠시 노려보다 입에 털어 넣었다. 마을에서는 여자들에게 금지된 부위였다. 상관없다. 내 곰의 넋이 담긴 살을 내가 아니면 누가 먹나.

비릿하고 질긴 고기를 정성껏 씹어 삼키며 곰딸은 문득 깨달았다. 서로 죽고 죽이는 사이인데, 왜 하필 곰이 사람이 되고 사람이 곰이 되는지를. 먹고 먹히는 게 자연의 섭리라면, 어차피 그래야 한다면, 형제를 먹고 형제에게 먹히는 게 나았다. 그래야 제대로 죽일 수 있고 제대로 죽을 수 있을 테니까. 올무에 걸려 한참 몸부림치다 죽는 건 끔찍했다. 형제의 칼이나 화살로, 아니면 기운찬 앞발로 단번에 숨이 끊어지는 게 나았다.

"우리는 너를 먹었어. 피를 섞고 살을 나눴어. 너는 우리 안에 있어. 너는 우리가 되었어. 마파, 마파! 사랑하는 형제 밤송이야. 우리에게 화내지 마. 우리를 저주하지 마."

어릴 때부터 수없이 들은 기도는 굳이 기억하려 하지 않아도 술술 흘러나왔다.

곰딸은 가는 길이 외롭지 않게 마음을 다해 기도했다. 이제 밤송이는 뾰족숲 신령에게 갔다가 돌아올 것이다. 비단귀와 마찬가지로 사람으로 태어나든 짐승으로 태어나든 아니 무엇으로 태어나든 다시금 우리와 함께할 것이다. 곰딸은 그렇게 믿었다.

"밤송이야, 밤송이야, 돌아오니라, 돌아오니라."

"불쌍한 밤송이."

흐느끼는 소리가 기도에 섞였다.

"내내 오두막 안에서만 살았는데, 나가자마자 이렇게 죽다니."

말투도 목소리도 이상했다. 놀라 매발톱의 얼굴을 불 쪽으로 돌려놓았다. 그는 눈조차 제대로 뜨지 못하고 벌벌 떨고 있었다. 그가 어떤 상태였는지 잊고 있었다. 열이 절절 끓는 몸으로 눈까지 한참 맞았는데.

"아까워, 아까워."

몽롱한 목소리가 가물가물 새어 나왔다.

"네 말을 들을 걸 그랬어. 그랬더라면 덜 아팠을 텐데."

입술이 보라색이었다.

"순록도 결국 죽었어. 아프다가, 아프다가. 다 내 잘못이야."

"네 잘못이 아니야."

밤송이는 살아 있는 한 살아 있고 싶어 했다. 매발톱은 그 바람을 들어주고 싶어 했을 뿐이었다. 곰딸은 매발톱의 뺨을 쓸었다. 살갗은 차가웠고 식은땀으로 축축했다. 손톱도 거무죽죽했다. 몹시 나쁜 징조였다.

손발을 주물러 피를 돌게 해야 했다. 곰딸은 매발톱의 신발을 벗기고 발을 감싸 쥐었다. 피워 놓은 불이 무색하게 발가락이 얼음 같았다. 아까까지만 해도 여름 볕에 반짝이는 모래알처럼 웃던 사람이 시체처럼 참혹한 모습으로 변했다. 설마 이대로 밤송이를 따라가는 건 아니겠지? 생각만으로도 숨이 막히고 가슴이 짜부라지는 것 같았다.

모닥불만으로는 땅에서 올라오는 모진 냉기를 막지 못한다. 곰딸은 죽은 곰에게 다가갔다. 불빛이 갈색 털 위에 붉은 음영을 만들었다. 눈을 홉뜨고 입을 쩍 벌린 얼굴과 마주쳤다. 넋이 빠져나간 뒤 굳어 가는 몸은 언제나 꺼림칙했다. 자신이 알던 사람이나 짐승이 아니라 다른 무엇, 그대로 두어서는 안 되는 무언가를 보고 있는 것 같았다.

곰딸은 죽은 짐승의 눈을 외면하고 발바닥에 칼날을 박아 넣었다. 닫힌 공간이라 비린내가 코를 찔렀지만 곧 무감각해졌다. 네 다리를 따라 칼 선을 넣고 반쯤 가른 배를 가슴에서 똥구멍까지 이어 잘랐다. 토끼 가죽 같은 건 눈 감고도 벗길 수 있었지만 이만한 놈을 혼자 붙들고 씨름하는 건 처음이었다. 무게가 곰딸보다 훨씬 무거운 놈이라 보통 일이 아니었다.

회백색 지방층에 쌓인 짐승의 몸통을 어깨로 밀어 넘기자 막 굳기 시작한 살이 몸 위로 쏟아졌다. 구름꼬리가 굴 안으로 들어오다 말고 펄쩍 뛰며 밖으로 튀어 나갔다. 녀석이 보기에 곰의 고기와 가죽을 뒤집어쓰고 피 냄새, 누린내, 배설물 냄새까지 풍겨대는 곰딸은 자신이 아는 존재가 아니라 숲의 맹수였을 것이다.

벗겨 낸 가죽을 허겁지겁 불가에 깔고 매발톱을 끌어왔다. 몸이 흔들리자 매발톱이 웅얼거렸다.

"아버지랑 숲에 갔다가 곰을 만났어."

옷이 다 젖어 벗기지 않으면 몽땅 헛일이었다.

"돌아누워 봐."

말이 들리지 않는지 매발톱은 움직이지 않았다. 축축 늘어지는 몸을 이리저리 굴려 가며 젖은 옷을 잡아당기는데 손이 덜덜 떨렸다. 나무 위에서부터 계속된 칼질에 팔이 말을 듣지 않았다. 어찌어찌 옷을 벗겨 내고 나니 살가죽 위로 솟은 뼈와 아물지 않은 상처들이 눈에 박혔다. 지금까지 어떻게 살아온 걸까?

애처로웠다.

남은 털가죽을 당겨 덮어 주려 했지만 두 살짜리 곰 가죽은 깔개로 쓰기에도 모자랐다.

"내가 곰을 잡았어. 밤송이 어미를 잡았어."

매발톱은 믿을 수도 믿지 않을 수도 없는 소리를 거푸 하더니 천천히 눈을 감았다. 더럭 겁이 나 그의 가슴에 귀를 대었다. 심장이 뛰고 있지만 너무 느렸다. 숨은 금방 꺼질 듯 희미했다.

"이러지 마. 제발."

곰딸은 옷깃을 풀고 매발톱을 안았다. 늘어지는 팔을 자신의 등에 감았다. 그러나 팔은 금세 미끄러졌다. 불안과 두려움으로 심장이 광광 뛰었다.

하나가 울면 따라 울고 하나가 뛰면 따라 뛰는 숲의 늑대처럼, 내 심장을 따라 매발톱 심장이 뛰게 해 주세요. 신령님, 뾰족숲 신령님, 제발.

곰딸은 벌거벗은 그의 등을 끌어안았다. 더는 겹칠 수 없을 만큼 몸을 붙이고 뼈가 닿을 듯 온 힘을 다해 껴안았다. 그대로 잠깐인지 온밤인지 시간이 흐르고 언제인지 모르게 의식이 사라졌다.

맞닿은 몸이 들썩이는 통에 정신이 반쯤 깨어났다. 훌쩍거리는 소리가 들렸다.

“밤송이 어미가 내 손가락을 먹었어. 밤송이 어미가 아버지도 먹었어.”

미지근한 손이 곰딸의 등에 놓여 있었다.

“밤송이 어미를 끌고 마을로 돌아왔는데 밤송이가 따라왔어. 어미 쫓아서.”

도닥도닥, 갓 태어난 아기처럼 힘없는 손길이었지만 흘러내리지는 않았다.

“사람들이 나더러 귀신 들렸다고 했어. 난 혼자야. 아무도 내 편을 안 들었어.”

식은땀도 흘리지 않고 몸에도 온기가 돌았다.

“왜 귀신 들렸다고 했는데?”

“애가 곰을 잡았다고. 그땐 작았거든.”

말투도 목소리도 한결 또렷해졌다.

“난 귀신 안 들렸어.”

이제 괜찮은 건가? 마음이 놓이자 반쯤 떠오르던 곰딸의 정신이 다시 아슴아슴 가라앉았다. 자면 안 되는데 졸음이 눈사태처럼 밀려왔다. 곰딸아, 곰딸아, 이 꼴을 하고 잠이 오니? 곰딸은 스스로 다그치다 열없이 웃었다. 이게 뭐 큰일이라고. 지참금으로 가져가려던 곰은 죽어 버렸고, 밖에는 곰을 찾는 사람들이 돌아다니고 있다. 돌아갈 길도, 앞날도 막막한데.

"귀신 안 들렸다고."

매발톱이 끈질기게 되뇌었다. 곰딸은 가물거리는 정신을 겨우 붙들고 매발톱이 그토록 바라는 대답을 들려주었다.

"그래, 너 귀신 안 들렸어."

매발톱의 가슴이 가볍게 몇 번 오르내렸다. 웃기라도 하는 듯.

"나 죽으면 기억해 줘."

"안 죽어."

"그래도. 너밖에 없어, 기억해 줄 사람이."

"안 죽는다니까."

"뾰족숲 신령께 맹세해."

"맹세할게."

언제 들어왔는지 구름꼬리가 옆구리에 붙어 누웠다. 폭풍우 얼굴이 떠올랐지만 잠시였다. 몸은 더 버티지 못하겠다고 신호를 보냈다. 곰딸은 보드랍게 감겨 오는 따듯한 살을 껴안았다.

1. 삽교리 라면

2. 프라이드치킨 박스

3. 죽은 짐승

4. 살아 있는 모든 것

체리와 복우

1. 삽교리 라면

"이 자식 완전 떡 됐다."

점퍼 자락이 젖혀졌다. 안주머니를 헤집는 손길에 머리가 흔들렸다. 이러다 뇌가 귓구멍으로 흘러나오지 않을까.

"와 씨, 신사임당 다섯 개!"

"육회까지 먹었는데 그렇게 많이 남았어?"

"얘네, 주유소만 다섯 개란다."

"지리네. 얼굴 반반해, 집안 빵빵해."

"그럼 뭐 해, 성질이 지랄……."

"기말고사 망…… 터져……."

킬킬대는 소리가 멀어졌다 가까워졌다 했다.

"어이, 황복우, 형이 돈 좀 빌려 간다."

"사우나 갔다가 당구장, 콜?"

"얘는?"

"버스 정류장에 앉혀 놔. 깨면 알아서 가겠지."

복우는 그 말대로 알아서 갔다. 버스에 타자마자 의식이 날아가 버리기는 했지만 환승 정류장에 내려 버스를 갈아타기까지 했다. 그러나 잠과 술기운에 범벅이 되어 다시 곯아떨어졌고, 흔들어 깨우는 손길에 일어나 비실비실 버스에 올라타는 꿈을 거듭 꾸었다.

잠에서 깨어났을 때 복우는 어제 놀던 홍대도 집 근처도 아닌 산길을 달리는 차창에 이마를 박고 있었다. 여기가 어디냐고 기사에게 물어보려는데 버스가 속도를 줄였다. 한 명 남은 다른 승객이 짐을 챙겨 자리에서 일어나자 반사적으로 창밖을 보았다. 집 몇 채가 모인 썰렁한 동네가 눈에 들어왔다. 더 갔다가는 아무도 살지 않는 산골까지 가겠다 싶어 다급하게 앞선 승객을 따라 내렸다.

차에서 내리자마자 미칠 듯이 오줌이 마려웠다. 복우는 주위를 살필 새도 없이 밭둑을 향해 서서 지퍼를 내렸다. 같이 내린 남자가 이쪽을 힐긋 보았다. 상관없었다. 두 번 다시 볼 일 없는 사람이었다. 오줌 줄기가 시원하게 쏟아졌다. 방광을 비우자 살 것 같았다.

버스에서 내린 곳으로 돌아왔다. 정류장 이름을 알아볼 셈이었는데 표지판이 없었다.

"골고루 하네."

휴대전화 배터리는 진작 나갔다. 이제 누구라도 붙잡고 물어보는 수밖에 없었다. 복우는 저만치 멀어지고 있는 남자를 쫓아 달렸다.

"저기요!"

남자가 돌아보았다. 가까이서 보니 뜻밖에도 앳된 얼굴이었다. 잘 봐줘야 또래일까. 은테 안경이 샌님 같았다. 상대가 만만하다 싶자 표정이 풀렸다. 그래 봤자 잠시였지만.

"어린게 대낮부터 술이나 처마시고."

뒤통수를 두 번 연속으로 얻어맞은 것 같았다. 싸가지 없는 말에 한 대, 높고 가는 목소리에 또 한 대. 계집애였다니, 아저씨들이나 입는 등산복 점퍼에 군용 배낭까지 멘 주제에! 복우는 열이 확 올랐다.

"대낮? 어젯밤부터 마셨다!"

"그래서?"

안경 너머 무심한 눈이 복우를 보았다. 눈동자가 놀랄 만큼 또렷해 복우는 잠시 말을 잃었다. 길고 억센 손이 배낭을 추어올렸다.

"말 다 했으면 간다."

"잠깐, 잠깐만! 여기가 대체 어디야?"

"둔내면."

대답은 그게 다였다.

"경기도야? 용인?"

다시 묻자 그 애가 픽 웃었다.

"강원도 횡성."

"강원도오!"

복우가 비명을 질렀다.

"말도 안 돼. 홍대 앞에서 버스 탔는데 어떻게……."

여자애는 제 알 바 아니라는 듯 돌아섰다. 복우가 급하게 물었다.

"지금 몇 시야?"

"한 시."

무성의한 대답이 끝이었다. 복우도 더는 잡지 않았다. 자존심이 있지. 언덕 쪽으로 멀어지는 등을 보다 침을 뱉었다. 뜻밖에 먼 곳까지 와서 놀라기는 했지만 별일 아니다. 편의점에서 뭘 좀 사 먹고 휴대폰을 충전한 다음 길 찾기 앱으로 돌아가는 길을 알아내면 된다.

그러나 복우의 자존심은 삼십 분도 채 지나기 전에 무너졌다. 마을에는 편의점은커녕 식당도, 구멍가게조차도 없었다. 집은 반은 폐가였고, 사람 사는 흔적이 있어도 텅 비어 있었다. 배가 고프고 목도 말랐다. 허기와 갈증이 심하면 머리까지 지끈거린다는 건 처음 알았다.

삼십 분을 헤매다 복우는 다시 그 애를 만났다. 밥 냄새가 나지 않았다면 그조차도 힘들었을 것이다. 집은 마을에서도 십 분쯤 올라간 산기슭에 홀로 떨어져 있었는데, 낯익은 은테 안경이 마루에 앉아 밥을 먹고 있었다. 가까이 다가가자 김치 냄새가 확 끼쳤다. 배 속이 요동을 치며 입보다 먼저 말을 했다. 꾸르르륵.

비웃음을 각오했는데 뜻밖의 말이 돌아왔다.

"밥 먹을래?"

그걸 말이라고.

"조건이 있는데."

복우는 무작정 고개를 끄덕였다. 배를 채울 수만 있다면 뭐든 할 것 같았다 한 달 용돈을 다 달라고 해도 줄 거다. 카드라도 받아 준다면 말이지만.

"고추 따는 거 도와줘."

복우는 냉큼 상 앞에 가서 앉았다. 따듯한 국물이 목구멍으로 넘어가자 살 것 같았다. 국에는 엄지손톱보다 큰 고깃덩이가 여러 개 들어 있었다. 질기고 묘한 냄새가 났지만 씹을수록 고소했다. 국물은 아예 들고 마시고 밥은 숟가락 가득 떠 욱여넣었다. 서너 숟가락에 밥 한 공기가 다 비었다. 복우는 밥 한 공기를 더

비운 다음에야 숟가락을 놓았다.

"야, 충전기 없냐?"

"야?"

여자애가 들고 있던 젓가락을 탁 소리 나게 내려놓았다.

"이 새끼가 기껏 먹여 놨더니, 야아?"

복우는 움찔했다. 처음 말을 섞을 때부터 심상치 않았다. 덩치도 보통이 아니고. 설마 학교 잘리고 강제 전학 온 일진은 아니겠지? 성질 더럽기로는 이쪽도 남부럽지 않았지만 복우는 한 번 참기로 했다. 쫄아서 그런 게 아니다. 지금은 배가 불러 만사가 귀찮다. 그래서다.

"그럼 뭐라고 불러?"

"체리."

안 어울려. 속마음이 표정에 드러난 모양인지 여자애 눈썹이 치솟았다.

"체리 누님."

"누니임? 너, 몇 살인데?"

"너보단 많아. 젓내 나는 고1."

복우가 흠칫했다.

"어떻게 알았어?"

체리가 상을 치우며 키득거렸다.

"찍었는데?"

"야이, 씨……!"

"거기서 한 마디만 더 해라."

복우는 보란 듯 입가를 끌어 올리며 남은 한 마디를 했다.

"발."

체리 콧잔등에 주름이 잡혔다.

"백설아."

말이 떨어지자마자 등골이 오싹해지는 소리가 났다. 크르르, 마루 밑 일 초면 닿을 거리에서 송아지만 한 흰 개가 송곳니를 하얗게 드러내고 복우를 노려보고 있었다. 복우가 얼결에 엉덩이를 뒤로 빼자 체리가 픽 웃었다.

"백설아, 그만."

개는 언제 사납게 굴었냐는 듯 순진한 표정으로 발등에 턱을 괴었다. 복우는 애써 개를 외면한 채 눈을 치뜨고 휴대전화를 내밀었다.

"누나 소리 듣고 싶음 민증 까든가."

체리는 짧게 혀끝을 차고 휴대전화를 들고 일어났다.

"밥값은 제대로 해라."

방충망 너머로 체리가 충전기를 연결하는 모습이 보였다. 체리는 방 안에서 옷더미를 들고 나와 복우에게 내밀었다. 챙 넓은

꽃무늬 모자와 목장갑, 분홍색 고무줄 바지와 연회색 점퍼였다. 8월에 긴소매에 긴바지라니.

"안 그래도 더워 죽겠는데."

"풀독 올라. 밤새 긁고 싶으면 입지 말고."

복우는 반쯤 체념한 심정으로 체리가 내민 옷을 받아 입었다. 체리도 비슷한 차림이라는 게 어이없게도 위안이 되었다. 둘이 집을 나서자 백설이가 쫓아왔다. 꼬리를 흔들며 저만치 앞서가다 한 번씩 돌아보는 꼴이 길을 아는 모양이었다.

한 번도 안 해 본 일이라 불안했는데 막상 눈으로 보니 만만했다. 고추밭은 교실 두 개를 합쳐 놓은 것만 했는데 언뜻 보면 꽃밭 같았다. 초록 잎 아래서 반짝이는 빨간 고추는 거꾸로 달린 꽃잎처럼 보였다.

바닷가에 조개껍질 주우러 가는 기분이랄까, 복우는 가벼운 마음으로 고추밭에 발을 디뎠다. 높이 달린 과일도 아니고 허리 아래 달린 손가락만 한 고추를 따는 게 힘들어 봐야 얼마나 힘들까 싶었다. 그러나 그곳은 지옥이었다. 불지옥. 땅에서 올라오는 김이 이렇게 뜨거운 줄은 몰랐다. 한증막보다 더했다. 게다가 한 포기에 고추가 얼마나 많이 달렸는지 따도 따도 끝이 없었다. 허리도 아프고 무릎도 아팠다. 등 좀 펴고 쉴라치면 백설이가 득

달같이 달려와 짖어 댔다.

“이 개새끼가!”

하지만 기세등등한 건 말뿐이었다. 송곳니를 드러낸 짐승은 무서웠다. 복우는 하는 수 없이 다시 허리를 접고 고추를 땄다. 이렇게 고통스러운 일이 다 있다니. 기진맥진한 복우와는 달리 체리는 쉴 새 없이 움직였다. 고추를 따 자루에 척척 넣는 모습이 태어날 때부터 농사를 지은 사람 같았다.

“안 힘들어?”

“쓸데없는 소리 마. 기운 빠져.”

말투는 싸늘했지만 맥이 없었다. 보기와 달리 퍽 지친 모양이었다. 그럼 그렇지.

내가 여기서 이러고 있는 걸 보면 우리 엄마 아빠 기절할 텐데. 아니 철들었다고 좋아하려나? 복우는 속으로 중얼거렸다.

그때 어디선가 부스럭거리는 소리가 들려왔다. 백설이가 귀를 바짝 세우고 체리 주위를 맴돌았다. 체리가 허리를 펴고 밭둑을 보았다.

“그래, 백설아. 뭐가 있나 가 보자. 야, 이제 그만하자. 잠깐 여기서 기다려.”

체리를 야, 라고 부른 뒤부터 복우 이름은 야였다.

“복우, 복우라고!”

복우는 후들거리는 다리를 끌고 체리를 따라갔다. 고추 딸 때는 그저 눕고만 싶었는데 호기심이 등을 떠밀었다.

얼마 가지 않아 백설이가 걸음을 멈추었다. 백설이는 땅속에 박힌 콘크리트 구조물 쪽으로 몸을 숙인 채 코를 킁킁댔다. 섣불리 짖거나 다가가지 않는 모습이 신중해 보였다.

"수로에 뭐가 빠졌나 보네."

체리는 백설이를 쓰다듬어 주고 수로로 다가갔다. 수로 안에는 바짝 몸을 움츠린 작은 짐승이 있었다. 납작한 귀에 짧은 다리, 줄무늬가 있는 통통한 갈색 등이 보였다.

"다람쥐?"

"멧돼지야."

"뭐? 줄무늬가 있는데?"

"새끼 땐 그래."

"어쩐지 크더라."

멧돼지건 다람쥐건 까만 눈을 글썽이는 작은 짐승은 애처로웠다. 복우는 얼른 수로로 내려가 새끼 멧돼지를 꺼내 주었다. 멧돼지는 땅에 발을 딛자마자 탁구공처럼 통통 튀어 순식간에 덤불 속으로 사라졌다. 그 모습을 흐뭇하게 바라보고 있는데, 퍽 소리와 함께 복우 등짝에 불이 났다. 순간 눈물이 질금 솟았다. 지금까지 맞아 본 것 중에 진짜, 최고로 아팠다. 체육 선생도 맨손으로 이렇게 세게 때리지는 못할 거다.

"야, 놓아주면 어떡해! 그게 얼마나 맛있는데!"

복우는 머리가 어찔하도록 아픈 중에도 어이가 없었다.

"저걸 먹는다고?"

단단히 화가 났는지 체리는 집에 가는 내내 한마디도 하지 않았다. 그러고는 도착하자마자 뒷마당으로 쌩하니 사라졌다.

화가 나기는 복우도 마찬가지였다. 말 섞을 것도 없이 당장 떠날 생각이었다. 휴대전화 충전도 끝났다. 전원을 켜자 부재중 전화가 열몇 통에 메시지도 여러 통 왔다. 집에서 온 게 반, 친구들한테서 온 게 반이었다. 복우는 친구 몇 명과 엄마한테 답장하고 지도를 켰다. 횡성군 둔내면 삽교리란 지명이 떴다. 서울에서 자동차로 두 시간 거리, 의외로 가까웠다. 지금이 다섯 시 삼십일 분, 빨리 나서면 아홉 시 전에는 서울에 도착할 수 있을 거다. 문제는 시골이라 그런지 버스 시간 검색이 안 된다는 거였다.

안 되면 택시 부르지 뭐. 복우는 버스 시간을 물어보려 뒷마당으로 갔다. 오늘 딴 고추가 검은 망 위에서 볕을 쬐고 있었다. 그리고 철벅이는 소리가 들렸다. 무심코 소리 나는 곳으로 다가가는데, 갑자기 벌거벗은 등이 나타났다. 복우는 순간 숨을 삼키고 걸음을 멈추었다.

단단하고 매끄러운 등이었다. 바가지에서 물이 쏟아질 때마다 팽팽한 근육에 물방울이 튕기고 미끄러졌다. 물줄기가 힘차게 등줄기를 휘감고 흘러내렸다.

몸속의 피가 빠르게 내달렸다. 순식간에 가속도가 붙어 온몸을 달구었다. 복우는 뒷걸음질 쳤다. 발소리를 죽이고 쫓기기라도 하는 듯 앞마당으로 돌아왔다. 마루에 앉아서도 벌거벗은 등이 자꾸만 눈앞에 어른거렸다.

"안 갔냐?"

갑자기 들려온 목소리에 복우는 꽁지에 불붙은 강아지처럼 펄쩍 뛰었다.

"내, 내가 뭐, 뭘 어쨌다고!"

체리가 고개를 내저었다. 젖은 머리가 목덜미에서 찰랑거리자 비누 냄새가 났다.

"이제 차 없다. 집에 가라고 기껏 일찍 끝내 줬더니."

복우는 그제야 정신이 번쩍 났다.

"그런 건 진작 말해야지!"

"손가락 없냐? 검색 못 해? 전화기 충전해 줬으면 됐지."

체리가 심드렁하게 대꾸하며 복우 옆에 걸터앉았다.

"저녁 먹을래?"

그 말을 듣자마자 허기가 밀려왔다. 밥 두 공기에 국 한 대접이 다 어디로 갔는지 배가 등에 달라붙을 것 같았다.

"먹을래."

아홉 시에 도착하나 열 시에 도착하나. 밥 먹고 택시 부르지 뭐.

"나 국 두 그릇 주라."

낮에 먹은 고깃국을 떠올리며 복우는 입맛을 다셨다. 체리가 콧등을 찡그렸다.

"아까 니가 들이부은 국이 이 누님 저녁이었다. 산골에서 고기 구하기가 어디 쉬운 줄 알아?"

복우가 대놓고 실망한 표정을 짓자 체리가 선심 쓰듯 말했다.

"라면 끓여 먹을까? 달걀 넣고?"

복우는 열심히 고개를 끄덕였고, 그 결과 제 손으로 라면을 끓이게 되었다. 라면 네 개에 달걀 두 개, 세 개는 자기가 먹을 셈이었다. 그러나 체리는 상상을 초월했다.

"아 좀 천천히 먹어!"

복우가 체리를 발로 밀며 라면 냄비를 품에 안았다.

"이 라면이 니 라면이냐? 얻어먹는 주제에."

체리가 복우 손을 우악스레 떼어 내고 냄비를 탈환했다. 힘도 순발력도 막상막하였지만 악력은 체리가 더 셌다. 복우는 여자애한테 밀렸다는 사실이 짜증스러웠지만, 한 젓가락씩 번갈아 먹기로 타협을 보았다. 두 사람 모두에게 불만스러운 타협이었다. 모자랐다. 밥이라도 있으면 좋으련만 낮에 다 먹어 치웠고 이제

와 밥을 하자니 일이 컸다. 국물까지 싹싹 비운 냄비를 보고 복우가 입맛을 다시자 체리가 냉장고에서 막걸리 한 통을 꺼냈다.

"이거라도 마시자."

복우는 신나서 연둣빛 통을 흔들었다. 숙취에 시달리던 새벽의 기억은 벌써 사라졌다. 막걸리 한 병이 눈 깜빡할 사이에 비었다. 그 눈 깜빡할 사이에 복우는 자기 얘기를 했다. 600cc 오토바이를 산 얘기, 과학고 갈 뻔했다는 얘기, 밸런타인데이도 아닌데 한 달에 몇 번씩 초콜릿을 받는다는 이야기 따위를 두서없이 늘어놓았다.

체리는 썩 열심히 듣고 있는 것 같지 않았지만 복우는 이야기를 끝없이 이어 갔다. 자기를 보는 멍한 눈동자가, 근육이 보기 좋게 잡힌 볕에 탄 팔이, 조금 벌어진 마른 입술이, 물방울이 흘러내리던 그 벗은 등이 복우를 그렇게 만들었다. 잠자코 듣고 있던 체리가 문득 입을 열었다.

"우리 아빠 오늘 안 온다."

한순간 방 안 공기가 몽땅 사라져 버린 것 같았다.

복우는 입을 벌린 채 숨을 쉬려고 애쓰며 체리를 뚫어져라 보았다. 체리가 빙긋 웃으며 손을 들어 보였다. 엄지와 검지 사이에서 마치 마술처럼 콘돔 포장지가 나타났다.

2. 프라이드치킨 박스

체리는 열세 살에 생리를 했고 그때 이미 171센티였다. 그 뒤로 많이 크지는 않았다. 남들이 초등학교, 중학교, 고등학교를 거치는 동안 체리도 학교에 다니기는 했다. 하지만 유소년에서 청소년으로 넘어가면서 운동의 강도가 미칠 듯이 세어진 것만 빼면, 여전히 달리고 뛰고 던지고 받는 나날이었다. 친구는 동료이자 경쟁자고 죄 여자였다. 좁은 세계였다.

선배랑은 중학교 1학년 때 만났다. 체리가 진학한 학교 배구부는 전국 대회를 휩쓸다시피 한 지역 명문으로, 선배를 만난 건 태백산배에서였다. 3학년 여름, 선배가 체리에게 고백했다. 체리는 종종 그 장면을 떠올렸다. 그리고 그때마다 생각했다. 아무래도 좀 미쳤던 것 같다고.

체리는 벽장을 열고 총집을 꺼냈다. 집을 열고 총을 점검하는 손길이 거침없었다. 총 다루는 법을 알려 준 사람은 할머니였다.

아빠가 몹시 싫어했지만 할머니는 아랑곳하지 않았다.

"고기가 땅에서 솟는둥? 잡아야 먹제."

홀몸으로 사 형제를 키워 낸 할머니는 당신이 옳다고 생각하는 일은 누가 뭐래도 하는 사람이었다. 할머니의 옳고 그름은 모두 몸으로 겪어 아는 것이었다. 할머니한테는 장승처럼 키가 큰 네 아들이 평생의 자랑이었는데, 당신이 직접 산짐승을 사냥해 먹이지 않았더라면 어림없는 일이라 생각했다.

할머니는 마을 사람들조차 모르게 사냥을 했다. 이웃에는 친척들도 제법 살아 고기를 나눠 달라고 하면 거절하기 어려웠기 때문이었다. 그래서 종종 덫을 쓰기도 했다. 총처럼 요란하지 않아서였다.

달력 한 귀퉁이를 찢어 열두 시 삼십 분이라고 쓰고는 자는 복우 머리맡에 놓아두었다. 그런 다음 양말을 신고 발목에 바짓자락을 꼼꼼하게 집어넣었다. 물통이랑 초콜릿도 챙겼다.

체리는 한 손에 파리채를 들고 방충망을 열었다. 짝, 짝, 짝, 들어올 기회를 호시탐탐 노리던 파리 몇 마리가 한순간에 바닥을 굴렀다. 체리는 땅에 떨어진 파리들을 흐뭇하게 보았다. 동체 시력은 여전했다.

"어디 가?"

파리채 소리에 복우가 깼다. 체리는 콧등을 찡그렸다. 좀 더 조심해야 했는데.

"사냥."

그 대답이 어떻게 들릴지도 생각했어야 했다.

체리는 마당으로 나가 끈과 비닐포, 막 쓰는 칼, 신문지를 챙겨 배낭에 넣고 등산화 끈을 단단히 조였다. 그사이 어느새 옷을 갈아입은 복우가 밖으로 뛰어나왔다. 어제 체리가 건넨 분홍 바지와 회색 점퍼를 입고 모자와 장갑까지 갖췄다.

"파리 들어가. 닫아."

복우는 잽싸게 방충망을 닫고 다시 체리 곁에 붙어 섰다. 눈동자가 반짝였다.

"나도 갈래."

"누가 데리고 간대? 열두 시 반에 버스 오니까 그거 타고 가."

복우를 데리고 가면 오늘 사냥은 튼 거다. 부주의한 움직임으로 사냥감을 쫓아 버릴 게 뻔했다. 체리는 대답은 듣지 않고 백설이와 집을 나섰다. 복우가 따라오며 소리쳤다.

"같이 가!"

그 목소리가 어제보다 가깝게 느껴졌다.

몸은 신기하다. 다른 몸과 닿고 나면 떨어진 뒤에도 얼마만큼은 그 몸과 이어져 있다. 깊이 닿으면 깊이, 오래 닿으면 오래. 하지만 그 느낌이 계속되지 않는다는 것 또한 체리는 알았다. 닿지 않으면 멀어진다. 시간이 흐르면 몸은 자연스레 분리된다.

체리는 토끼 사냥이나 고추 농사 같은 건 생각하지 않고 복우를 기다렸다가 손깍지를 끼고 새벽 산길을 걷고 싶기도 했다. 그러나 걸음을 늦추지 않았다. 제풀에 지쳐 돌아가겠지. 도시에서만 살던 복우가 산을 평지처럼 타는 자신을 쫓아오기는 힘들 것이다.

선배는 실력 있는 세터였고 대학 리그 성적도 괜찮았다. 턱이 날렵하게 빠진 미소년 상으로 이를 드러내고 웃을 때면 아이돌 느낌이 나 팬도 제법 있었다. 그러나 무슨 까닭에선지 2학년 때 선수 생활을 그만두고 모교를 드나들었다. 하루는 남자 팀, 하루는 여자 팀을 봐주었는데, 고백을 받은 건 그보다 조금 전이었다.

하얀 프라이드치킨 박스를 내밀며 선배가 사귀자고 했다.

"이게 뭐예요?"

"네가 좋아한대서."

그는 진지했다. 목소리는 떨렸고 귀 끝도 새빨갰다. 체리는 그 달아오른 귀가 마음에 들었다. 왜 자신한테 고백했는지는 알 수 없었지만 알았다고 했다.

이듬해 여름이 지날 즈음 체리는 선배와 밤을 보냈다. 감정과 감각이 뒤죽박죽 솟아났고 맞닿은 살갗을 통해 끊임없이 오고 갔다. 따듯한 살은 모든 것을 이해하는 것 같았다. 놀라운 일이었다. 그때부터 체리는 휘둘리기 시작했다.

다섯 살이나 어리다는 건 지나치게 불리한 조건이었다. 선배는 자유로운 대학생이고 체리는 기숙사에 갇힌 체고생이었다. 선배는 아는 것, 겪은 것이 많았고 체리는 미숙했다. 선배는 코치였고 체리는 선수였다. 좋아하는 사이라고 여겼지만 그게 다가 아니었다. 선배가 지닌 힘을 체리는 거스를 수 없었다.

선배가 하는 말은 이제 간질간질한 애정 표현이나 다정한 조언이 아니라 숨 막히는 압박이었다. 그래도 체리는 견뎠다. 신경이 곤두서서 그렇게 들리는 거라고 생각했다.

"많이 먹고 쑥쑥 커라."

어느 밤 치킨 박스를 내밀며 한 그 말이 방아쇠가 되었다. 체리는 주전 선수 가운데 가장 작았다. 그것 때문에 매일 키를 재고, 토하기 전까지 먹고, 악몽으로 잠을 설쳤다. 선배 말은 송곳처럼 체리의 속을 헤집었다. 가장 아픈 곳에 꽂혀 근근이 버텨 내던 상처를 후벼 팠다.

치킨 박스를 받아 드는 대신 자기도 모르게 말이 튀어나왔다.

"선배, 나한테 이러는 거 범죄라던데."

치킨 박스 이야기가 아니라는 걸, 선배는 바로 알아들었다. 그리고 끝이었다. 체리는 한동안 치킨은 쳐다보지도 않았다. 선배와 헤어지고 몇 달은 아주 슬펐다. 하지만 1학년 겨울방학에 청소년 대표가 되자 매일매일 위가 뒤집어질 만큼 뛰고 또 뛰느라 슬퍼할 겨를이 없었다.

"멍! 멍!"

백설이가 낮게 짖었다. 두세 번 끊어 짖는 건 신호였다. 조심해, 주위를 살펴봐, 잠깐 기다려 같은 의미가 섞인 경고에 가까운 표현인데, 근처에서 무슨 일이 벌어지고 있다는 뜻이었다. 체리의 주의를 끈 백설이는 풀숲을 헤치고 나아갔다. 조심성 없이 움직이는 모습이 사냥감을 발견한 것 같지는 않았다.

체리는 금세 무슨 일이 벌어진 건지 알아챘다. 부스럭거리는 소리와 희미한 고함 소리가 들렸다. 어제 오늘 사이 귀에 익은 목소리가 자신을 부르고 있었다. 묘한 기분이었다. 가기를 바랐는데 꼭 그랬던 것만은 아닌 모양이었다.

자신을 부르는 소리가 점점 조급하게 이어지자 체리는 얼굴을 찌푸렸다. 꽤 깊은 산이라 저대로 길을 잃을 수도 있었다. 산에서는 방향감각이 무뎌진다. 위아래를 구별하기 어려울 때도 있다. 당황하면 그게 더욱 심해져 바로 앞에 길을 두고도 몇 시간을 헤맬 수도 있다.

백설이는 소리를 좇고 체리는 백설이를 좇았다. 볼을 할퀴는 나뭇가지를 밀쳐 내며 툴툴댔다.

"큰 키도 아닌데 온갖 게 다 부딪히네."

체리는 자기가 한 말에 우울해졌다. 175는 넘기고 싶었다. 고기를 더 먹어야 했다. 많이 먹고 쑥쑥 커야 했다. 4센티쯤이야 열심히 먹으면 클 수 있다. 자신은 아직 성장기였다.

남자친구는 그 뒤로도 사귀었다. 운동은 몸뿐 아니라 마음도 고되게 했다.

한 달에 두 번도 못 만나는 부모님은 체리를 이해하지 못했다. 힘들면 그만둬라. 누가 하래니. 친구는 많았지만 자꾸 떠났다. 중학교 때부터 손발을 맞춘 단짝은 경기력이 떨어지자 레프트에서 밀려났고 운동을 접었다. 체리는 그 애 곁으로, 코트 밖으로 내려갈 수 없었다. 다들 그랬다. 낙오하면 두고 가야 했다.

불안정한 관계는 정신을 무너트렸다. 체리는 의지할 곳이 없었다. 타인의 체온을, 빈틈없이 닿은 부드러운 울타리를 간절하게 원했다.

"체리야!"

복우가 나뭇가지를 헤치고 달려왔다. 바지는 흙투성이였고 소매를 걷은 팔에는 여러 군데 생채기가 나 있었다. 산길을 헤매다 구른 모양이었다. 복우는 갈급한 몸짓으로 체리를 껴안았다. 체리는 움직일 수 없을 만큼 죄어 오는 팔에 안도했다.

물통을 건네자 복우가 단숨에 비웠다. 체리가 복우에게 손을 내밀었다.

"총은 안 쓸 거야."

복우는 실망한 기색 없이 체리 손을 잡았다.

"그럼 뭐 할 건데?"

"덫 보러 가자."

체리는 토끼가 다니는 길에 덫을 놓아두었다. 덫을 빽빽하게 놓으면 여러 마리가 걸리겠지만, 할머니는 덫은 짐승을 천천히 고통스럽게 죽인다고, 소득 없을 때를 대비해 딱 몇 개만 놓으라고 했다. 체리는 할머니 말을 따랐다. 토끼가 다니는 길에 두 개, 꿩이 들락거리는 수풀에 두 개 놓았다.

비탈길이 나오자 둘은 손을 놓고 앞뒤로 걸어갔다. 체리가 앞서고 복우가 따랐다.

"나 가출한 거 아니야."

복우가 불쑥 말했다.

"누가 뭐래?"

"친구들이랑 2박 3일 대부도 가려고 나왔어. 고1 때 안 가면 언제 가느냐고 졸랐지."

"그래?"

"안 놀라?"

놀라야 했나? 체리는 운동하지 않는 아이들이 어떻게 사는지 몰랐다. 가끔 나오는 뉴스를 보고서 공부도 힘든가 보다 짐작하는 게 다였다. 체리가 말이 없자 복우가 하던 말을 이어 갔다.

"우리 엄마 아빠 내가 해 달라는 건 웬만하면 다 해 줘. 용돈 없다고 하면 용돈 주고, 게임 사 달라고 하면 사 주고, 친구랑 여행 가고 싶다고 하니까 펜션까지 잡아 주더라."

"도깨비방망이가 따로 없네."

"부럽냐?"

체리는 다시 생각했다. 부러운가? 진짜 도깨비방망이가 있다면 다른 소원을 빌 것 같았다. 키가 15센티쯤 더 크게 해 달라고, 팀 주전이 되게 해 달라고, 전국체전 나가 우승하게 해 달라고.

지난 십 년 동안 운동은 체리의 전부였다. 좋은 경기를 해서 이기는 것보다 큰 기쁨은 없었다. 체리는 이길 때 비로소 충족되었다. 친구들 가운데 몇몇은 하기 싫어 죽겠단 소리를 입에 달고 살았다. 운동 때려치우면 대학은 구경도 못 하니 어쩔 수 없이 한다고 하는 애들도 있었다.

"그것보다 니 키가 더 부러워."

"더 커서 뭐 하게."

복우가 어이없다는 듯 물었다. 체리는 대답하지 않았다.

컹, 백설이가 크게 짖으며 앞으로 튀어 나갔다. 덫 근처로 달려

가는 걸 보니 한 마리가 잡힌 모양이었다. 체리는 복우를 돌아보며 활짝 웃었다.

"운 좋은 날이네. 오늘 저녁은 토끼 불고기 해 먹자."

덫에는 토끼가 죽은 채 걸려 있었다. 죽은 토끼가 신기한지 복우가 나뭇가지로 쿡쿡 찔러 댔다.

"하지 마."

체리는 나뭇가지를 밀어 내고 사방에다 꾸벅꾸벅 고개 숙여 인사했다. 산한테 하는 인사였다. 그러고는 죽은 토끼를 조심스레 올무에서 풀어냈다.

"안 징그럽냐?"

복우가 묻자 체리가 되물었다.

"너는?"

"아무렇지도 않은데?"

"그럼 니가 토끼 들어."

체리가 토끼 뒷다리를 그러쥐고 복우에게 내밀었다. 복우의 눈동자가 사정없이 흔들렸다. 체리가 소리 내어 웃으며 복우의 머리를 쓰다듬었다.

"해체할 때 넌 안 보는 게 좋겠다."

그 말은 하지 말 걸 그랬다. 뒷마당에서 토끼 가죽을 벗기며 체리는 후회했다. 어지간히 자존심이 상했는지 복우는 죽은 토끼가 토끼 고기로 변해 가는 장면을 끝까지 지켜보았다. 그동안 구역질을 얼마나 하는지 토끼 고기를 못 먹을 줄 알았다.

하지만 죽은 토끼였던 토끼 고기가 토끼 불고기가 되어 상에 오르자 복우는 언제 속을 게워 냈냐는 듯 신나게 먹어 댔다. 하긴, 아침도 거르고 나가서 초콜릿 몇 알이랑 물 한 통 마신 게 전부니까.

접시의 고기가 빠르게 줄어드는 걸 보며 체리는 다시 후회했다. 불고기 말고 탕이나 백숙을 할걸. 먹성 좋은 둘이 배를 채우기에 토끼는 너무 작았다.

모자란 양은 밥과 막걸리로 채웠다. 해가 넘어가고 있었지만 간다는 말도 가라는 말도 나오지 않았다.

"나 기말고사 망했어."

잔을 홀짝이며 복우가 중얼거렸다.

"그래서 가출한 거야?"

"가출한 거 아니라니까! 기분 전환으로 여행 온 거라고, 여행."

"홍대가 대부도냐?"

"홍대에서 밤새우고 새벽에 떠나려고 했어. 이것 봐, 친구들한테 온 문자."

복우가 문자함을 열어, 어디냐? 지랄복 왜 안 오냐? 형들한테 잡힌 거? 우리끼리 간다 따위 문자들을 보여 주었다. 체리는 콧소리를 냈다. 의도와는 달리 비웃는 것 같은 소리가 났다.

"중간고사는 잘 쳤고?"

"그것도 망했지."

"그래?"

복우가 입술을 비죽였다.

"반응 열라 성의 없네."

체리가 잔에 든 막걸리를 비웠다.

"운동만 해서 딴 건 몰라."

복우가 눈을 둥그렇게 떴다.

"그래서 등 근육이 미쳤구나!"

체리가 불그레하게 달아오른 얼굴로 활짝 웃었다.

"괜찮지?"

"응! 제법. 내 복근만 못하지만."

"웃기시네. 일반인이 어디서 나대냐?"

"볼래? 볼래?"

"그래, 어디 봐!"

복우가 웃통을 벗고 배에 힘을 주자 제법 왕 자가 잡혔다. 이에 흥분한 체리는 자신의 단련된 승모근과 광배근을 보여 주겠다며 등을 깠다. 한동안 유치한 근육 자랑이 순수하게 이어졌다.

3. 죽은 짐승

아침은 밥과 김치, 무장아찌, 완벽한 채식 메뉴였다. 복우는 냉장고 문을 열고 반찬을 정리해 넣었다. 방 두 개에 부엌 하나짜리 시골집은 단출해 이틀 지내는 사이에 뭐가 어디 있는지 대충 갈피를 잡았다.

체리는 쭈그리고 앉아 행주로 상을 훔치고 있었다. 복우는 냉장고 문을 닫으며 체리의 손과 목덜미, 흘러내린 머리카락과 발목을 거듭 눈에 담았다. 애써 눈을 돌려도 정신을 차리고 보면 어느새 체리를 보고 있었다. 복우가 응석 부리듯 말했다.

"아, 사냥하는 거 보고 싶다."

가란 말이 나오기 전에 선수를 쳤다. 사냥은 핑계였다. 사냥이란 말을 처음 들었을 때의 흥분은 덫에 걸려 죽은 토끼를 봤을 때 반은 식어 버렸다. 털가죽이 그대로 달린 채 땅에 늘어진 짐승은 잊고 싶은 기억을 떠올리게 했다. 그곳만 떼다 붙인 듯한 어그러진 주검. 복우는 눈 사이를 눌렀다. 어른거리는 잔상이 흩어졌다.

체리가 말없이 상을 접어 한쪽으로 치웠다. 복우는 다시 한 번 졸랐다.

"데려가 주라, 응?"

체리가 내키지 않는 표정으로 안경을 추어올렸다.

"못 잡아도 몰라."

복우는 옷걸이에 걸린 분홍 바지와 회색 점퍼를 챙겨 입었다. 그러고는 체리가 옷을 갈아입고 벽장에서 총집을 꺼내는 모습을 지켜보았다.

"멧돼지 잡으면 좋겠다."

체리가 웃었다.

"멧돼지가 널 잡지. 게다가 이건 공기총이야."

"뭐, 그 BB탄 쏘는 거?"

복우는 실망을 감출 수 없었다. 진짜 총을 보는 건 처음인데 좀 깼다. 체리가 가늠쇠를 들여다보며 대꾸했다.

"납탄을 써. 외국에는 공기총 개조해서 곰 잡은 사람도 있다더라."

그럼 그렇지. 복우가 체리 어깨에 턱을 괴었다. 1미터 남짓한 총은 늙은 늑대 같았다. 개머리판에는 긁힌 자국이 빽빽했고 총열은 묵은 광택이 돌았다.

"오래 걸려?"

"다 됐어. 이제 가자."

체리가 복우 머리를 밀어 내고 밖으로 나갔다. 신발을 꿰어 신으며 따라 나오는 복우에게 불쑥 말했다.

"근데 이거 불법이다."

복우는 솜털이 보얗게 덮인 도톰한 체리의 귓불에서 눈을 떼지 못하다가 한 박자 늦게 대답했다.

"불법?"

"사냥은 면허 있는 사람만, 정해진 때, 정해진 곳에서, 정해진 짐승만 할 수 있어."

복우는 체리 곁에 걸터앉아 발끝으로 운동화를 끌어당겼다. 떼어 내려는 심보가 뻔히 보였다. 여기서 밀릴 수는 없지.

"걸리면 어떻게 되는데?"

"블루베리 아저씨가 걸려서 벌금 250만 원 내고 총도 뺏겼다더라."

체리가 툇마루 밑에서 등산화를 꺼내 복우 발밑에 놓았다.

"아빠 거야. 운동화는 미끄러워."

복우는 등산화에 발을 꿰었다. 길이 들어 뒤꿈치가 부드러웠다.

"넌 어떻게 안 들켰어?"

"그냥 운. 불법인 줄도 몰랐어. 동네 사람들도 다 몰랐어, 할아버지 할머니들이라."

체리가 마당으로 내려가자 백설이가 꼬리를 흔들며 다가왔다.

"그래도 갈 거야?"

시멘트 바닥은 벌써 더운 기운을 뿜어냈다. 그래도 구름이 있어 어제보다는 덜했다. 돌아다니기에는 이런 날씨가 좋다. 복우는 대답 대신 앞서 나가 대문을 열었다. 뒤에서 체리가 불렀다.

"그쪽 아니고 이쪽, 뒷마당으로 올라갈 거야!"

집은 산기슭에 콕 박혀 있는 모양새라 뒷마당을 두른 야트막한 돌담은 산과 바로 이어져 있었다. 산을 오르기는 영 쉽지 않았다. 기울기도 가파르고 빈틈없이 자란 풀로 발밑이 미끄러웠다. 그런 길을 체리는 평지처럼 설렁설렁 걸어갔다.

복우는 체리의 빨간 등을 헐떡이며 쫓았다. 지난번처럼 놓칠까 봐 발밑 볼 겨를도 없이 쫓아갔다. 발끝에 뭐가 걸리는가 싶더니 아차 하는 사이에 몸의 균형이 무너졌다. 그리고 그 순간 단단한 손이 복우의 팔을 잡았다.

체리 손에서 팔을 빼며 복우는 귀 끝이 화끈거리는 걸 느꼈다. 처음에는 모양 빠지게 군 게 창피해서였다. 어젯밤 기억이 밀어닥치기 전까지는 그랬다. 손바닥에 단단히 박힌 굳은살이 깍지를 낄 때마다 몇 번이고 닿았었다. 꺼끌꺼끌하고 습하고 더웠다.

복우는 머리를 털었다. 목덜미가 달아올랐지만 아무렇지도 않은 척 허리를 펴고 주위를 둘러보았다. 저 아래 체리 집이 보였다. 그제야 산을 꽤 올라왔다는 걸 알았다.

"저렇게 외떨어진 집에서 혼자 잠이 오냐?"

체리가 발끝으로 웃자란 풀 한쪽을 헤치며 심드렁하게 대답했다.

"외떨어지긴, 바로 밑이 이웃집인데. 할머니 때부터 살던 동네라 모르는 사람도 없고."

누운 풀 너머로 집 서너 채가 보였다. 저쪽에서는 보이지 않아 몰랐는데 꼭 체리 집 같은 집들이 몇 채 있었다. 그때 백설이가 낮게 컹 짖었다. 백설이는 귀를 쫑긋거리더니 나무 사이로 달려갔다.

"가자."

체리가 백설이를 쫓아가며 소곤거렸다. 손바닥만 한 잎이 우거진 넝쿨과 마른 풀이 엉긴 수풀 앞에서 백설이가 멈추었다. 다가가려는 복우를 체리가 막았다. 백설이는 수풀 주위를 맴돌다 문득 오른쪽 앞발을 들고 서서 가만히 앞을 주시했다.

"알려 주는 거야. 꿩이 있다고."

복우는 수풀을 살피며 꿩의 생김새를 떠올리려 애썼다. 체리가 총을 꺼내 덤불 왼쪽 귀퉁이를 겨누었다.

"백설이가 보고 있는 쪽을 봐. 빨간 점 같은 게 보일 거야."

체리가 눈을 떼고 복우에게 총을 건넸다.

"수꿩이야."

복우는 총을 받아 들었다. 서늘한 쇠붙이가 손에 들어오자 묘하게 들떴다. 한순간 어른이 된 것 같은 기분. 침을 삼키고 체리가 하던 대로 가늠자에 눈을 댔다. 뭐가 보이는 것 같기도 아닌 것 같기도 했다. 그때 체리가 속삭였다.

"준비."

말이 떨어지자마자 수풀에서 무언가 푸드덕 날아올랐다.

"지금이야."

복우는 반사적으로 방아쇠를 당겼다. 탕과 탁 사이의 소리가 가볍게 울렸다. 반동도 약했다. 쏘긴 쏜 건가, 미간을 모으는데 꿩이 내리박혔다. 그 순간 흥분은 공포로 바뀌었다. 나, 뭐 한 거지? 복우는 갑자기 숨을 쉴 수가 없었다. 눈앞이 부옇게 뭉개지며 손이 떨렸다. 꿩은, 죽는 건가? 그러라고 쏜 거잖아, 그렇긴 한데 그럴 줄 몰랐어, 저대로 떨어져, 그렇게 떨어져서…….

"총알 안 넣었어."

체리가 복우의 어깨를 짚었다. 눈에 초점이 돌아왔다. 꿩은 아무 일 없다는 듯 얼마쯤 날더니 땅 위로 내려와 그대로 모습을 감췄다. 백설이가 꿩이 사라진 쪽을 보며 컹컹 짖었다. 복우는 총을 내려놓고 거칠게 이마를 닦았다. 체리가 물었다.

"실망했어?"

"아니."

복우는 자기 손을 내려다보았다. 손끝이 아직 떨리고 있었다.

"죽은 꿩도 죽은 토끼처럼 그래?"

체리가 이해하지 못하고 되물었다.

"응?"

"늘어지고 후줄근하고……."

흐트러진 머리카락이 피로 흥건하고.

복우는 눈을 깜빡였다. 체리가 복우 뺨을 쓰다듬었다.

"좀 무섭지."

복우는 흠칫했다.

"죽은 짐승은 털도 엉겨 있고. 살아 있을 땐 깨끗하고 부드러운데, 금세 더러워지고 뻣뻣해져. 그래도 깃털 달린 것들은 괜찮아. 죽어도 예쁘거든. 꿩도 그래. 고기도 맛있고."

체리가 복우 손을 잡았다.

"살아 있는 건 언젠가 죽어."

복우는 잡힌 손을 물끄러미 보았다.

"그렇지."

"그래."

체리는 입술을 핥으며 백설이를 눈으로 좇았다.

"얼른 한 마리 잡고 돌아가자. 꿩복음탕 해 줄 테니까 먹고 집에 가."

내내 피하려고 했던 말이 복우를 현실로 끌고 왔다. 그러나 지금은 그 퍽퍽한 곳으로 돌아가고 싶지 않았다. 나쁜 계집애. 틈만 나면 파리 쫓듯 쫓아내려고 했다. 함께 있고 싶은 건 복우뿐인 듯했다. 초조하고 화가 났지만 복우는 이해하지 못한 척 얼버무렸다.

"한 마리를 누구 코에 붙이라고. 한 명에 한 마리씩 두 마리는 잡아야지. 두 마리 치킨 몰라?"

"말 돌리지 말고, 열두 시 반 차 타고 가."

체리 말투는 부드러웠다. 일말의 아쉬움도 담기지 않은 무감한 목소리가 복우를 상처 입혔다. 아픔은 지각되자마자 분노로 바뀌었다. 복우는 체리가 들고 있던 총을 빼앗아 바닥에 패대기치고 발로 찼다. 체리가 스프링처럼 튕겨 왔다. 복우는 명치를 얻어맞고 바닥에 주저앉았다. 밭은기침이 터져 나오고 고통에 눈앞이 점멸했다.

"먹여 주고 재워 주고, 해 달라는 대로 다 해 주는데 왜 지랄이야."

지랄. 복우는 쓰러진 채 픽 웃었다.

“이거 빡치네.”

같이 어울려 다니는 녀석들은 복우를 지랄복이라고 불렀다. 복우의 지랄은 악명 높았다. 평소에는 고만고만한 범생이처럼 굴다가 한번 뒤집어졌다 하면 눈에 보이는 게 없었다. 또래 사내새끼들처럼 치고받는 게 아니라 이쪽은 별 피해 없이 상대에게 치명상을 입히는, 지능적으로 물어뜯어 더 지랄맞은 지랄. 그래 지랄 좀 해 보자.

“이게 사람 패서 징계까지 먹고도 정신 못 차리네.”

체리가 흠칫하는 게 느껴졌다. 복우는 늘 감탄했다. 그깟 말 몇 마디에 사람들은 얼마나 고통스러워하는지.

“너 배구 선수 한체리지? 폭행으로 출전 금지된 청소년 대표. 징계 먹어도 싸지. 새파란 신입생들 손댈 데가 어니 있다고 손을 대. 이제 배구 인생 쫑난 건가? 그래서 이 촌구석에 처박힌 거 아냐?”

체리가 이를 악물었다. 눈동자가 머물 곳 모르고 흔들린다. 이겼다. 자신이 던진 말은 충실하게 제 역할을 해냈다. 그러나 복우는 여느 때처럼 통쾌한 기분은 조금도 들지 않았다. 체리가 상처 입은 것도, 자신이 그 상처를 냈다는 것도 짜증 났다. 왜? 까닭은 어렵지 않게 떠올랐고 기분이 바닥으로 처박혔다.

머리 위에서 크게 숨을 들이켜는 소리가 들렸다. 끝이 낮게 흔들리는 게 불안했다. 우나? 복우는 주먹을 쥐었다 폈다 했다. 왜 손에 땀이 차고 난리야. 복우는 제발 울지만 않았으면 좋겠다고 생각했다. 그러나 들려온 목소리는 건조했다.

"고추밭 가는 길에 새로 만든 무덤 봤어?"

체리의 반응은 번번이 복우의 예상을 뛰어넘었다.

"애들 팼다고 협회에 날 찌른 년, 거기 묻었어."

눈썹 한 올 까딱하지 않고 토끼를 해체하던 체리 모습이 떠오르며, 팔뚝에 우르르 소름이 돋았다.

"너 여기 있는 거 아무도 모르지, 안 그래?"

복우는 헉 소리를 내며 고개를 들다 깜짝 놀랐다. 체리 얼굴이 코앞에 있었다.

"누나가 참아 줄 때 착하게 굴 것이지."

입술이 닿을 만큼 바짝 고개를 기울인 채 체리가 소곤거렸다.

"꺼져."

얼음 통을 뒤집어쓴 듯 한기가 치밀었다가 머리꼭지에서 불길이 치솟았다. 뻔한 거짓말에 쫀 게 죽을 만큼 쪽팔렸고, 자기를 그 꼴로 만든 체리가 돌아 버리게 얄미웠다. 복우는 체리를 머리로 들이받고는 바닥에 떨어진 총을 들고 내달렸다. 백설이가 워워댔지만 아랑곳하지 않았다. 뭘 어쩌겠다는 계획 같은 건 없었다. 복우는 수풀을 헤치고 무작정 나아갔다.

"야, 너!"

체리가 자신을 쫓아오자 속이 확 뚫리는 것 같았다. 그래, 쫓아와, 날. 컹컹 개 짖는 소리가 따라붙었다. 허파가 아팠다. 숨이 달렸지만 멈출 수가 없었다. 잡히고 싶기도 했고, 잡히고 싶지 않기도 했다. 그래 봤자 겨우 그저께 만난 애인데, 이렇게 구질구질하게 구는 까닭을 자신도 알 수가 없었다.

"거기 서! 멈추라고!"

다급한 목소리가 들려왔다. 겁먹은 것 같기도 했다. 엄청 안 어울리네. 속으로 중얼거리는데 무언가 발에 챘다. 반쯤 파먹힌 죽은 짐승이었다. 형체를 알아본 순간 숨이 막혔다.

복우는 자신을 타일렀다. 숨 쉬지 못할 까닭이 없다. 지금 숨쉬기 힘든 건 달렸기 때문이다. 아무 문제도 없다. 산에는 신선한 공기가 가득하다. 우선 멈춘 다음 천천히 숨을 들이켜고 내쉬면 된다. 태어나 줄곧 해 온 아주 간단한 일이다. 그러나 더 애쓸 필요도 없이 문제는 강제로 해결되었다.

다음 발을 딛는 순간 격통이 찾아왔고 비명과 함께 산소가 폐 속으로 성급하게 밀려들었다.

4. 살아 있는 모든 것

"움직이지 마."

체리는 단단한 나무를 주워 끄트머리를 덫 아가리에 쑤셔 넣었다. 나무는 버텨 내지 못하고 부러졌다.

복우가 딱돌골로 달려갈 때부터 불안했다. 이쪽은 멧돼지들이 다니는 길이라 밀렵꾼들이 불법으로 덫을 마구 뿌려 놓았다. 근처에 죽은 짐승이 즐비했다. 작년에는 고사리집 할머니가 창애에 걸려 꼬박 하룻밤을 산에서 보내야 했다. 치매까지 있는 터라 잘못하면 큰일이 날 뻔했다. 마을에 난리가 났고 지역방송 뉴스에까지 나왔다. 그러나 산 전체에 CCTV를 설치할 수도 없고, 거기까지였다.

복우가 앓는 소리를 내다 뜬금없이 물었다.

"우냐?"

울긴 누가? 꿈도 야무지지. 체리는 뺨에 떨어지는 물방울을 손등으로 닦아 냈다. 나뭇잎 사이로 보이는 하늘이 짙은 잿빛이었다. 비님이 오실 모양이었다. 체리는 재차 나무를 주워 와 덫과 씨름했지만 벌어질 기색이 없었다. 사람을 불러오는 편이 나을 텐데 이제 비가 죽죽 내리긋고 있었다. 다친 사람을 빗속에 혼자 둘 수는 없었다.

체리는 창애에 달린 쇠줄을 잡아당겼다. 젖은 쇠줄이 미끄러져 손아귀가 얼얼했지만 애쓴 보람이 있었다. 파묻힌 줄을 빼내니 길이가 제법 길었다. 1미터 남짓 떨어진 곳에 칡넝쿨이 텐트 앞자락처럼 늘어진 상수리나무가 있었다. 나무 밑동 쪽이 도독하게 솟아 비닐포를 깔고 앉으면 그럭저럭 비를 피할 수는 있을 것 같았다.

복우를 나무 밑에다 끌어다 앉히고 체리도 쓰러지듯이 나무에 등을 기댔다. 백설이가 옆에 와서 앉았다. 익숙한 개 비린내에 마음이 조금 눅었다. 빗방울 부딪히는 소리가 거셌지만 나뭇잎을 뚫고 들어오는 비는 얼마 되지 않았다. 정말이지 기진맥진했다.

"춥진 않아?"

상처가 나면 열이 오르기도 했다. 그러면 큰일이라 체리는 복우 이마에 손을 댔다. 이마가 비에 젖어 몇 번 훔쳐 내고 다시 손을 대었다. 다행히 열기는 느껴지지 않았지만 아직 모를 일이었다. 이목구비가 또렷한 얼굴은 입술까지 희게 질려 있어 현실감 없게 느껴졌다. 체리는 가방에서 진통제를 꺼내 복우에게 건

넸다.

"먹어. 아픈 게 좀 나을 거야."

복우는 뭐냐고 묻지도 않고 하얀 알약을 받아 삼켰다.

"별걸 다 가지고 다니네."

"아픈 건 싫으니까."

체리는 고통에 익숙했다. 하지만 익숙해진다고 더 잘 견딜 수 있는 건 아니었다. 오히려 잘 알기에 더 힘들었다. 복우가 끙끙대면서도 목에 힘을 주고 물었다.

"근데 사람을 왜 패? 맞으면 아픈데."

체리는 이마 위로 흘러내린 머리카락을 쓸어 올렸다. 빗물이 손등을 타고 흘렀다. 재수 없는 새끼. 처음부터 무시했어야 했는데. 얼굴에 넘어가 버린 게 문제였다. 그래 저 얼굴이 문제다. 체리는 이번만 참기로 했다. 한 번 더 쓸데없는 소리를 지껄이면 비가 들이붓건 말건 버려 두고 가기로 마음먹었다. 이장님한테 말하면 구하러 오겠지.

못 들은 척 무시하려니 쏘아보는 눈길이 거슬렸다. 체리는 대답을 골랐다.

'내가 먼저 맞았어.'

이렇게 말하면 질문이 꼬리를 물 테지. 그럼 누가 널 때렸느냐, 왜 네가 덮어쓴 거냐, 이유가 뭐냐, 그게 말이 되냐, 탈락.

'먹지 않으면 먹히니까.'

식상하다, 탈락.

체리는 그럭저럭 무난하게 들릴 것 같은 대답을 골랐다.

"이기고 싶어서."

기껏 고른 대답이었지만 비난의 눈길은 그대로라 기분이 더러웠다. 먼저 맞았고 더 많이 아팠다. 그러나 아무도 체리를 믿어 주지 않았다. 집안, 돈, 키, 상대는 모든 면에서 체리보다 위였다. 코트 안에서는 엎치락뒤치락했지만, 코트 밖에서는 완패였다. 체리는 징계를 당했을 뿐 아니라 포지션도 뺏겼다.

"경기에서 두 팀 다 이기는 경우는 없어. 내가 지면 상대는 이겨. 반대로 상대가 지면 내가 이기지. 아픔은 사라지지 않아. 아픔은 진 사람 몫이야. 다 함께 행복한 방법 같은 건 몰라. 후회 없이 최선을 다한 경기였다? 인터뷰용이지. 네 기준으로 날 비난하지 마. 너랑 난 사는 세계가 달라."

복우가 입을 벙긋거렸지만 말이 아닌 헐떡이는 소리가 났다. 고통이 심한지 이마를 찡그리고 숨을 몰아쉬고 있었다. 훔쳐 낸 이마에 다시 물방울이 맺혀 있었다. 식은땀이었다. 많이 아플 테지. 진통제가 바로 고통을 없애 주는 건 아니었다. 열이 오르나 보려고 손을 뻗는데 복우가 고개를 틀었다.

"그깟 공이나 쫓아다니는 경기가 뭐라고."

갈 곳 잃은 오른손을 주시하며 체리가 눈을 가늘게 떴다. 크고 마디 굵은 손, 체리는 세터였다. 세터는 언제나 냉정해야 했다. 경기의 흐름을 객관적으로 파악하고 선수들의 움직임을 정확하게 읽고 있어야만 최적의 공격수에게 공을 올릴 수 있기 때문이다. 원래 감정 기복이 적은 체리에게는 어려운 일도 아니다. 하지만 이번 건 제법 아팠다. 그깟 경기.

체리는 종종 자기 손이 의식을 갖고 있지 않을까 생각했다. 머리랑 따로 놀 때가 많았기 때문이다. 체리 손바닥이 복우 뺨을 향해 날아가고 있었다. 배구 선수의 손은 파괴력이 무시무시했다. 잘못하면 턱이 나갈 텐데. 다친 애를 때리다니.

그때 몸이 벌렁 뒤로 넘어갔다. 컹! 백설이가 옷자락을 물고 잡아당긴 것이다. 백설이는 멧돼지한테도 덤벼드는 사냥개로 힘이 장사였다. 게다가 머리도 좋았고.

체리는 축축한 팔꿈치를 털며 일어나 앉아, 눈치를 보는 백설이를 두어 번 쓰다듬었다. 복우는 질린 표정으로 천천히 눈을 깜빡이고 있었다. 체리는 복우를 마주 보고 앉았다. 등에 떨어지는 빗방울이 끓어오른 열기를 식혀 주었다.

"아직 모르나 본데, 무슨 짓을 해도 포기 안 되는 게 있어. 나한텐 그게 배구야."

체리는 급기야 그 말을 하고 말았다.

"먹지 않으면 먹히니까, 어쩔 수 없어."

체리의 눈길을 끝까지 받아 내지 못하고 복우가 고개를 숙였다.

"먹히지 않을 수는 없나?"

"먹지 않아도 살 수 있으면 가능하겠지."

복우가 풀을 헤집으며 웅얼거렸다.

"그래도 먹기 위해서만 사는 건 아니잖아."

뿌리가 드러나도록 흙을 파낸 뒤에야 복우가 다시 입을 열었다.

"중3 봄에 학원 같은 반 애 하나가 창문에서 뛰어내렸어. 1층만 빼고 모조리 학원인 건물에서."

복우가 그 애랑 한 반이 된 건 그때가 처음이었다. 꽤 오래 같은 학원에 다녔지만 학교도 다르고 동네도 달라 서로 이름도 몰랐다.

"3층이라 살 수도 있었는데 재수가 없었대. 그런데 그냥 그때, 걔가 떨어질 때, 내가 걔 가장 가까이 있었던 거야. 바로 옆 창가에서 친구랑 폰게임하고 있었거든."

복우는 맨손으로 질퍽이는 흙을 뭉갰다.

"그 애가 뛰어내리는 걸 본 순간 정신없이 계단을 내려갔어. 구할 수 있을 리도, 구하겠다는 생각도 없었는데. 내가 한 일이라고는 무작정 뛰어가 카페 앞에 엎어진 몸을 맨 먼저 본 것뿐이었어."

덫에 걸린 죽은 토끼를 본 순간 그 장면이 겹치듯 떠올랐다. 덫에 걸려 죽은 아이.

복우는 학원을 바꾸었고 요란하게 오르내리던 죽음을 둘러싼 소문도 흩어졌다. 그 일은 곧 잊혔다. 그러나 그 뒤로 무언가 서서히 어긋났다. 아무 의문 없이 해치우던 일을 도무지 해낼 수가 없었다.

처음에는 잠이 늘었다. 시도 때도 없이 졸리고 아침에 일어나는 게 힘들어졌다. 지각하는 날이 늘어났고 수업 시간에 앉아 있는 것도 집에 들어가는 것도 어려워졌다. 목표하던 고등학교에 가지 못한 건 당연했고, 출석 일수를 채우지 못해 부모님이 문턱이 닳도록 학교를 드나들었다. 성적 때문에 애를 태우던 부모님은 제발 졸업만 하라고 애원했다.

"그 애랑 나는 접점이 거의 없었어. 걔가 안 죽었으면 그 뒤로도 계속 그랬을 텐데, 갑자기 겹쳐지고 만 거야. 심지어 걔는 이 세상에서 사라졌는데 말이지."

덫에 걸린 아이, 덫에 걸린 복우, 덫에 걸린 체리.

복우가 속삭였다.

"정말 우리가 다른 세계에 살고 있다고 생각해?"

체리는 대답 대신 복우를 가슴에 기대게 했다. 진통제가 듣는지 숨소리가 훨씬 부드러워졌다. 다른 사람의 죽음을 눈앞에서 본 건 확실히 충격이었을 거다. 그러나 자신이라면 얼마간 뒤숭숭해하고 잊었을 것 같았다. 제 앞가림 하기도 바쁜데. 웨이트, 팀 훈련, 개별 연습, 포메이션 연구, 경기 영상 보기, 매일 할 일이 빽빽했다.

그러나 복우의 고백은 체리의 마음을 움직였다. 이해하기 어려워 사랑스러웠다. 체리는 복우의 입술에 입술을 댔다. 표피가 가볍게 닿았다가 닿은 면적이 서서히 늘어나고 도톰한 살이 조금씩 눌리다 틈 없이 맞물려 마치 이어진 듯 느껴질 때까지 모든 순간을 음미했다.

입술이 떨어지자 복우가 어린 짐승처럼 체리 목덜미에 뺨을 비비다 물었다.

"그 무덤 누구 무덤이야?"

"우리 할머니. 두 달 전에 돌아가셨어."

복우는 할 말을 찾지 못하고 머뭇거렸다. 체리가 물었다.

"총 쏘는 법, 배워 볼래?"

복우는 어리둥절해했지만 거절하지 않았다. 체리는 복우에게 총알을 장전하는 법과 영점을 맞추는 법, 방아쇠를 당길 때의 호흡을 알려 주었다. 그리고 5미터쯤 앞에서 비를 맞고 있는 구슬

댕댕이 열매를 쏘게 했다. 총소리가 나고 나뭇가지가 흔들렸지만 빨간 열매는 멀쩡하게 달려 있었다. 복우가 얼굴을 찡그렸다. 창애에 끼인 다리를 움직인 모양이었다.

체리는 복우의 발을 살피다 충동적으로 입을 열었다.

"키가 1년 동안 1센티도 안 자랐어. 주전에서도 밀려나고, 경기에 나가도 지기만 했어. 팀은 이겨도 나는 졌지. 활약은커녕 내 몫도 제대로 못 한 채 지고 또 졌어. 수없이 이겨 왔는데, 마치 한 번도 이겨 본 적 없는 사람이 된 것 같았어. 죽을 것 같더라고."

경기 성적이 좋았으면 그렇게 밀려나지도 않았겠지.

"이겼을 때 피 끓는 기분이 그리웠어. 간절히."

복우가 체리 머리로 손을 뻗어 왔다. 체리는 그 손을 피하려다 내버려 두었다. 단순한 변덕이었다. 그러나 손가락이 젖은 머리카락을 가르고 두피를 어루만지자 머릿속이 단순해지고 마음이 가벼워졌다. 체리는 순순히 인정했다. 동정이든 어설픈 이해든 상관없었다. 다른 사람의 체온은 체리가 체리로 있을 수 있게 했다. 따듯하게 데워져 힘차게 뛰어오르게.

"경기에서 이길 때랑 사냥감을 잡을 때 기분이 비슷해. 서로 그 순간만은 필사적이니까……. 물론 죄책감도 들어. 그래도 또 사냥을 나가지. 이기고 싶으니까."

체리는 복우 손을 감싸 쥐고 제 뺨으로 끌어내렸다. 복우가 움찔했다. 떨리는 손끝이 두어 번 뺨을 쓸다 느리게 떨어져 나갔다.

"무슨 짓을 해도 포기 안 되는 게 나한텐 없어. 아무것도 끝까지 못 해. 조금만 힘들면 그냥 포기해. 그게 편하거든. 집에서 하는 잔소리만 견디면 되니까. 그때 일은 그냥 핑계일지 몰라. 그냥 모든 게 견디기 힘들어. 남들은 다 어떻게 버티는지 모르겠어."

"난 어리광 받아 줄 사람이 없으니까."

"아."

복우의 표정에 동정이 떠올랐다. 체리가 시골집에 혼자 사니까 집안에 문제가 있을 거라 짐작한 모양이었다. 하지만 체리 집에서 문제는 체리 하나였다. 아버지 어머니 사이도 좋고 남동생은 누구랑 달라 크게 부모 속을 썩이지 않았다. 체리는 손을 머리 위로 뻗었다.

"우리 엄만 두 손 들었어. 어떻게 해야 할지 모르겠대, 날. 나 같은 앤 처음 봤대. 아빤 이해하려고 애는 쓰는데 가망 없어 보이고. 여기서 너랑 이러고 있는 꼴 보면 뒤로 넘어갈걸, 우리 아빠?"

아주 웃긴 얘기라도 들은 듯 복우가 낄낄댔다.

"그래서 이제 운동 안 해? 배구공도 안 보이더라."

"몰라."

"어떡하려고?"

"어떡할지 알 때까지 이렇게 살려고."

복우가 고개를 끄덕였다.

“한 발 더 쏴도 돼?”

“아플 텐데.”

“가만있어도 아파.”

방아쇠를 당길 때마다 아파하면서도 복우는 두어 번 더 구슬 댕댕이를 쏘았다. 창백하던 얼굴이 흥분으로 불그스레해졌지만 이마에는 땀이 맺혔다.

“이제 그만해.”

복우가 고개를 저었다.

“딱 한 번만. 감 잡았어.”

복우는 신중한 표정으로 가늠자에 눈을 맞추었다. 비 오는 날은 원래 더 어려웠다. 빗방울 때문에 목표물이 흔들리기 때문이다. 체리는 벤치에 앉아 뛰고 있는 동료들을 볼 때처럼 움켜쥔 주먹을 무릎에 올린 채 복우를 응시했다. 복우가 방아쇠를 당기자 총알이 튀어 나갔다. 느낌이 좋았다.

“앗싸으윽!”

겨누었던 빨간 열매가 떨어지자 복우가 비명 섞인 환성을 지르며 체리를 껴안았다. 체리가 손가락을 자기 입술에 대며 복우를 가만히 밀어 냈다. 백설이가 구슬댕댕이 덤불을 노려보고 있었다. 입술이 말려 올라가고 귀가 바짝 섰다. 뭔가 있었다.

체리가 총을 들자마자 기다렸다는 듯 백설이가 짖기 시작했다. 웍! 웍! 경고! 경고!

부스럭거리는 소리와 함께 덤불 한 귀퉁이가 무너지며 크고 검은 덩어리가 스윽 나타났다. 멧돼지였다. 100킬로는 가뿐하게 넘을 것 같은.

겁에 질린 복우가 몸을 붙여 왔다. 긴장한 몸이 등 전체로 느껴졌다. 체리는 침착하려고 애썼지만 자꾸 손이 떨렸다. 솜털이 바짝 섰다. 나빴다. 아주 나빴다. 체리는 제법 노련한 사냥꾼이었지만 멧돼지를 만나면 무조건 숨거나 달아났다. 육중한 몸집에도 멧돼지는 빠르고 민첩했다. 1미터쯤은 거뜬히 뛰어오를 수 있어 웬만한 장애물쯤은 우습게 넘었다. 멧돼지 사냥꾼들은 산탄총에 사냥개 서너 마리를 데리고 다녔다. 그래도 크게 다치는 일이 허다했다. 지금으로선 나무에 올라가 몸을 피하는 게 최선이었다. 복우 발목이 묶여 있지만 않았다면.

거리는 30미터 정도, 멧돼지가 돌진하면 순식간에 닿을 거리였다. 비스듬히 서 있던 멧돼지가 쉬익쉬익 콧바람 소리를 내며 정확히 이쪽을 향해 몸을 틀었다. 백설이가 맹렬하게 짖어 대도 아랑곳하지 않고 되레 크르릉크르릉 목을 울렸다. 금방이라도 달려들 기세였다.

체리는 이를 악물고 총을 겨누었다. 공기총 따위론 멧돼지를 더 화나게 할 뿐이란 걸 알지만 손 놓고 있을 수는 없었다. 혼자라도 달아날까? 계산상으로는 둘보다 하나가 다치는 게 나았다. 하지만 결정적인 순간에 멍청한 선택을 하는 건 버릇인 모양이었다.

체리는 그 자리에 선 채 멧돼지를 향해 총을 쏘았다. 5연발이지만 몇 발이나 쏠 수 있을지 몰랐다. 거리가 너무 가까웠다. 탕! 첫 번째 총성이 울렸다. 멧돼지는 움찔하지도 않고 이쪽으로 달려들었다. 탕! 탕! 머릿속이 희게 질렸다. 거무튀튀한 몸체는 이미 코앞이었다. 그대로 기절할 것 같았지만 체리는 총을 놓지 않으려 안간힘을 썼다. 그게 할 수 있는 다였다. 멧돼지가 코앞으로 쇄도하는 순간 체리는 저도 모르게 눈을 감고 곧 닥칠 고통을 각오하며 이를 악물었다.

그러나 예상했던 고통은 없었다. 대신 단단히 둘러싸이는 느낌과 짐승 누린내, 짜부라질 듯한 압박감이 차례로 찾아왔다. 복우의 신음과 백설이가 거세게 짖어 대는 소리가 쨍쨍 쨍쨍 했다.

"괜찮아?"

오만상을 찡그리고 복우가 물었다. 등 뒤에 거대한 털 덩어리를 업은 채 신음에 가까운 목소리를 흘리며 품에 안긴 체리를 내려다보고 있었다. 심장이 한 경기 풀로 뛰고 난 뒤처럼 터질 듯이 뛰고 있었다. 체리는 자신이 담긴 그 눈동자를 한없이, 기억해 두고 싶었다. 몇 번이고 눈에 담아 새긴 다음에야 겨우 입을 열었다. 목멘 소리가 나왔다.

"넌?"

복우는 대답하지 않고 숨만 헐떡였다. 상태가 안 좋아 보였다. 체리는 복우 밑에서 뭉그적뭉그적 빠져나왔다. 축 늘어져 떡처럼 몸에 들러붙은 팔다리를 밀어 내고 나와 보니 멧돼지는 복우을 덮친 채 죽어 있었고 백설이가 그르렁대며 뒷다리에다 입질을 하고 있었다.

"백설아, 그만."

체리는 복우 다리부터 살폈다. 결국 근육이 찢어졌다. 말도 못하게 아플 거다. 낫는 데도 한참 걸리겠지.

식은땀이 나고 몸 전체가 간헐적으로 떨려 왔다. 누 사람 나 죽을 수도 있었다. 살아남았다는 생각이 얼얼하게 차올랐다.

얼굴을 쓸어내리며 심호흡을 한 뒤 체리는 멧돼지 뒷다리를 끈으로 단단히 묶고 백설이 가슴 끈에 묶었다. 백설이와 둘이서 젖 먹던 힘까지 내어서야 멧돼지가 겨우 끌려 내려갔다.

체리는 멧돼지를 살폈다. 등에 한 방, 장딴지에 한 방, 한 방은 빗맞았는지 보이지 않았다. 다 급소랑은 거리가 멀었다. 대신 입가에 거품이 흥건하고 다리가 푸들푸들 떨리고 있었다.

"농약 뿌린 볍씨라도 먹었나."

복우가 얼굴을 찡그리며 입술을 달싹였다.

"아팠을까?"

"아팠겠지."

체리가 무릎을 꿇고 바닥에 늘어진 복우를 보았다. 눈이 마주치자 복우가 헐떡이며 눈가를 샐그러뜨렸다.

"개아파."

체리가 복우의 젖은 뺨을 쓸었다.

비는 어느새 그쳤다. 눈으로 코로 귀로 팽팽하게 부푼 여름이 짓쳐 든다. 발등으로 쏟아지는 풀, 풀 냄새에 깔린 흙냄새, 찌르르르르, 바람 불 때마다 막아서는 덩굴손, 끼요오옥 끼요오옥 오에긱, 물비린내와 오에긱 찌찌찌루루 오에긱, 정체를 알 수 없는 싸한 냄새 너머 하늘을 메우는 잎, 찌르르르르 오에긱.

작가의 말

한눈에 들어오지도 않는 넓은 벌판에 소들이 서 있는 것을 보았다. 고속도로를 달리는 차 안에서였다. 화면으로 보던 평화로운 풍경이 아니었다. 초록 들판 대신 진흙 위에 선 소들은 오물이 묻어 더러워 보였고, 그 상태로 소들은 가만히 서 있었다. 움직일 뜻이 없어서라기보다 움직일 자리가 없었기 때문이었다. 나는 놀랐다. 그 많은 소가 너무나 불행해 보였고, 위가 조여들 만큼 괴로웠다.

그러고 시간이 조금 흘렀다. 국에 넣을 소고기를 손질할 때였다. 처음에는 덩어리 지방이 너무 많아서 그걸 잘라냈다. 그러자 근막이 따라 나왔고, 그 끝에 또 다른 지방 덩어리가 있었다. 삼십 분은 족히 걸렸지만 점점이 박힌 하얀 지방을 빨간 살과 도저히 분리해 낼 수 없었다. 지방은 실리카겔처럼 제거하기 편하게 만들어진 게 아니었다. 몸의 조건에 따라, 어디를 얼마나 움직이느냐에 따라 자연스레 만들어지는 것이다. 나는 그 순간 내 눈앞에 조각조각 난 덩어리가 나와 같은 생명체란 사실을 깨달았다.

내 몸도 이럴 텐데. 나도 해체되면 이런 꼴일 텐데.

그때의 기억들은 계속 남아 나에게 자꾸 질문을 던졌다.

우리 인간에게 고기란, 고기를 먹는다는 건 대체 무엇일까? 인간이 동물이 되고 동물이 인간이 된다는 믿음을 가지고 있던 시대로 가 보기도 하고, 한때 인간이었고 '살'이었던 기억만 남은 안드로이드가 진짜 살을 가진 인간과 살아가는 세계로도 가 보았다. 초고속으로 성장하길 요구받는 시스템 속에서 생존하는 우리는 초고속으로 사육되는 고기와 다를 바 없다는 생각도 들었다.

사실 어떤 답을 찾아서, 혹은 어떤 답을 찾고자 쓰려던 게 아니었기 때문에 이야기는 내 안의 이미지들에서 시작되었고, 지금의 나로선 결코 정답을 찾을 수 없는 일이라는 생각이 든다. 다만 이 이야기를 쓰면서 가장 두근거렸던 순간은 우리의 살을 그리고 살 속에 반짝이는 생명력을 느낄 때였고, 그 두근거림이 이 책을 읽는 이에게 가닿기를 간절히 바란다.

—보린

살아 있는 건 두근두근

1판 1쇄 2021년 5월 14일 | **1판 2쇄** 2022년 1월 3일
지은이 보린 | **그린이** 쩡찌
책임편집 원선화 | **편집** 곽수빈 엄희정 이복희 | **디자인** 이지인
마케팅 정민호 박보람 김수현 | **홍보** 김희숙 함유지 이소정 이미희
제작 강신은 김동욱 임현식 | **제작처** 더블비(인쇄) 중앙제책사(제본)
펴낸곳 (주)문학동네 | **펴낸이** 김소영 | **출판등록** 1993년 10월 22일 제406-2003-000045호
주소 10881 경기도 파주시 회동길 210 | **전자우편** kids@munhak.com
홈페이지 www.munhak.com | **카페** cafe.naver.com/mhdn
북클럽 bookclubmunhak.com | **트위터** @kidsmunhak
인스타그램 @kidsmunhak | **대표전화** (031)955-8888
팩스 (031)955-8855 | **문의전화** (031)955-8895(마케팅) (02)3144-3238(편집)
ISBN 978-89-546-7928-2 03810

*45쪽 인용 출처: 위키백과, 국립국어원